Le Livre de Poche Jeunesse

Samantha BAILLY

Nos âmes jumelles

Samantha Bailly

Samantha Bailly est née en 1988. En parallèle d'un Master de littérature comparée, elle travaille dans le domaine du jeu vidéo. À vingt ans à peine, elle publie son premier roman, Oraisons, qui est récompensé par le Prix Imaginales des Lycéens. Samantha Bailly vit à Paris et se consacre entièrement à l'écriture.

www.samantha-bailly.com
https://www.facebook.com/SamanthaBaillyAuteur
https://www.twitter.com/SamanthaBailly

À Miya,
pour ces projets que nous mûrissons depuis 2005.
À Sonia,
et ce qui tisse nos trames jumelles.
Merci pour tout.

Crédits

Page 220 : extrait de *L'amour et l'Occident*,
de Denis de Rougemont (Éditions 10/18, 2001).
Page 258 : *Radioactive* (Imagine Dragons, 2012) :
paroles de Alexander Jr Grant, Joshua Francis Mosser, Daniel Sermon,
Daniel Reynolds, Benjamin McKee/Universal Music Publishing.

Facebook® est une marque déposée de Facebook, Inc.
iPhone® est une marque déposée de Apple Inc.
Pokémon® est une marque déposée de Nintendo Co., Ltd.

Conception graphique : Malika Bounekhla

Crédits photographiques (couverture, quatrième et intérieurs) :
© asife - Fotolia.com
© sergign - Fotolia.com

SEPTEMBRE

SONIA

Dis, Lou, tu te souviens de notre première rencontre ?
Je veux dire, de la première fois
où nous avons discuté, toi et moi ?
Si on m'avait dit que, ce jour-là, je venais
de t'ouvrir une fenêtre sur ma vie, que nos histoires
seraient liées aussi longtemps, je ne l'aurais pas cru.

Assise sur le rebord de son lit, Sonia feuillette son ancien agenda, un épais carnet rouge. Elle sourit en voyant se succéder les devoirs, les gribouillis, les longs mots rédigés dans des couleurs fluo. Il est temps de se tourner vers cette nouvelle année scolaire. La rentrée, cette rentrée tant attendue. Première L.

Elle a choisi option arts, esquivant avec soulagement les pénibles mathématiques qui faisaient chuter sa moyenne générale.

À présent, elle va se concentrer sur ce qui l'intéresse le plus : la littérature.

Elle range le vieil agenda dans le tiroir de son bureau, puis s'empare de son successeur. Flambant neuf, d'un bleu laqué parcouru de reliefs, pourvu d'une reliure ouvragée. Il ressemble à un véritable livre. Pour le reste, toujours le même sac élégant, des feuilles volantes, des pochettes cartonnées usées, quelques stylos se battent en duel. Elle range les fournitures, puis vérifie une dernière fois sa valise. Des vêtements pliés approximativement, sa trousse de toilette, une serviette de bain. Tout semble y être.

À présent qu'elle a bonne conscience, elle ouvre son ordinateur portable. Ses doigts agiles tapent immédiatement sur Google : *Fanzine Trames*.

Le site internet apparaît, interface agréable, design épuré. Depuis plusieurs semaines, elle s'y rend chaque jour, et connaît les rubriques par cœur : Association, Galerie, Textes, Fanzines, Forum, Boutique. Elle a découvert le concept du fanzine au gré du Net, en cherchant des conseils sur l'écriture. Fanzine est la contraction de *fanatic magazine*, autrement dit un magazine réalisé par des amateurs passionnés. Cela tombe bien : elle est ET amateur ET passionnée.

Elle hésite. L'icône de son document Word la nargue. Cela fait un moment à présent qu'elle songe à mettre son poème sur le forum, rien que pour obtenir un avis, pour voir s'il suscite des réactions. Mais elle a peur. Et si tout le monde détestait ? Lui jetait au visage qu'elle n'a aucun talent ? Cela anéantirait le rêve qui l'habite depuis le début du collège, celui qu'elle note avec application sur chaque feuille d'orientation.

Quel métier envisagez-vous plus tard ?
Écrivain.

Soudain, on frappe à la porte.
– So ?
Son père.
– Oui, tu peux entrer.
Il pousse le battant, dévoilant son visage dévoré par une barbe qui s'éternise depuis quelques jours.
– Qu'est-ce qu'il fait sombre ici !
Il presse l'interrupteur, et les lampes tendues d'abat-jour colorés s'allument.
– Qu'est-ce qu'il y a ? demande Sonia, agacée d'être dérangée.
– Tu es prête pour demain ?
Oui.
– Tu as fait des courses avec maman ?
– Non, elle n'a pas eu le temps.
Il fronce les sourcils. Sonia explique :
– Elle a dû emmener Lucky chez le vétérinaire.
Lucky, l'un des très nombreux chats de la maison. Sa mère n'a pas un métier classique : elle élève des persans. Matthieu, le meilleur ami de Sonia, est fasciné par cette famille atypique. Une mère qui a toujours un chaton à vous placer entre les bras.

Un père régisseur lumière dans un théâtre parisien, qui ponctue les repas d'anecdotes sur la capitale, les caprices et/ou les talents des comédiens. Mais ce que Sonia perçoit surtout, c'est sa mère plus investie dans l'achat du prochain griffoir que dans son orientation.

– Bon, reprend son père, tu n'avais besoin de rien de spécial ?

– Il y aura des livres à acheter, je t'appellerai demain pour te dire.

– Bien, bien… Tu as dîné ?

– Grignoté. Pas très faim.

– Bon, bon… Tu fais comme tu veux, c'est toi qui te gères. Moi aussi, j'étais un peu angoissé avant chaque rentrée.

Sonia se contente d'un demi-sourire, et son père referme enfin la porte.

Ici, chacun fait ce qu'il veut. Mange à l'heure souhaitée. Il n'y a pas de règles, seulement celles que l'on se fixe soi-même. Autonomie et indépendance, les maîtres mots de la famille Pradier.

Voilà pourquoi elle a émis le souhait de se rendre à l'internat depuis le début du lycée. Au moins là-bas, il y a des règles établies.

Elle retourne à la page internet, clique sur l'onglet « Forum » et lit pour la énième fois le sujet dédié aux nouveaux inscrits.

Bienvenue à vous !

Nous sommes une équipe de jeunes dessinateurs et d'écrivains amateurs qui publie chaque trimestre un fanzine intitulé « Trames ». Pourquoi ce nom ? Nous aimions l'idée d'utiliser un mot qui s'applique autant à l'écriture qu'au dessin.

Trame, *nom féminin.*

En littérature, la trame est la structure des événements marquants. On parle de la trame d'un récit.

En dessin, les trames constituent l'assemblage de points et de lignes qui permettent de créer différentes valeurs de gris. Les trames sont principalement utilisées dans le manga.

Sonia change de page et clique sur le sujet intitulé « Membres ».

Sarbacane

La fondatrice de Trames.

Âge : 21 ans.

Sexe : Féminin.

Rôle : Grande chef de Trames, webmaster et dessinatrice.
☺

Dans la vie... : Je suis ingénieur et quand je ne suis pas sur l'ordinateur pour le boulot, je passe mon temps à programmer ou dessiner. J'ai créé le fanzine Trames il y a trois ans.

J'aime : Cuisiner ! Ça me vide l'esprit, et rien de tel qu'un délicieux repas partagé. J'adore cuisiner japonais, mais ce que je préfère plus que tout, c'est la pâtisserie. Ma tarte citron meringuée est une tuerie. Je suis aussi une férue de mangas, de jeux vidéo, d'animes.

J'aime pas : Le réglisse.

Eru Rōraito

Écrivain.

Âge : 17 ans.

Sexe : Non merci.

Rôle : Écrivain. Je rédige la majorité des textes du fanzine.

Dans la vie... : Ça n'intéresse personne.

J'aime : Murakami, GRR Martin, Balzac, La Bruyère.

J'aime pas : La médiocrité.

Tiamat

Dessinatrice

Âge : 16 ans.

Sexe : Féminin.

Rôle : Dessinatrice.

Dans la vie : Je suis en 1re S (hélas), et j'arrive à supporter les fonctions et les produits scalaires grâce à mon crayon. Je dessine tout le temps, partout.

J'aime : Dessiner, dessiner, dessiner (mais vous l'avez compris). Les blogs BD (Boulet <3). Les Final Fantasy (le X, le meilleur !). Les films de Miyazaki (Le château ambulant, un pur chef-d'œuvre).

Je n'aime pas : L'hypocrisie, la superficialité, les betteraves crues et cuites.

Les portraits l'amusent. C'est drôle, elle aussi a longtemps joué aux jeux *Final Fantasy* et a beaucoup aimé le dixième opus. Un point commun avec Tiamat. Soudain, elle se surprend à imaginer avoir également sa place sur cette page web. Comment pourra-t-elle un jour publier si elle craint de montrer un brouillon à des inconnus ?

Elle crée son profil, choisit son pseudonyme : Yuna. Référence au personnage principal féminin de *Final Fantasy X*. C'est simple et ça lui parle. Un nouveau sujet, elle insère un titre, copie-colle son texte dans l'encadré.

Les mots s'affichent instantanément, puis partent à la rencontre du monde. Les voilà suspendus dans le virtuel, une bouteille à la mer.

Fière, mais un peu anxieuse, Sonia va se coucher.

Demain sera le début d'un chapitre très important. Elle le sent.

Un baiser déposé sur la joue de son père, une demi-heure de voiture, puis le bâtiment longiligne du lycée apparaît. Sonia dépose sa valise à la bagagerie. Une surveillante referme la porte derrière elle. Débarrassée de son fardeau, la jeune fille se rend dans le hall où règne un brouhaha assourdissant. Les casiers claquent, les conversations enflent.

Pourtant, le lycée Jean-Monnet, établissement perdu au fin fond de la basse Normandie, est loin d'être le plus grand de la région. Mais quatre cents élèves suffisent à transformer ces murs en une tempête humaine.

Son portable vibre dans sa poche.

Matthieu Fossey
Tu es où ?

Sonia Pradier
Je viens d'arriver.
RDV dans 10 minutes
où tu sais.

Sonia fend la foule pour atteindre les toilettes. Alors que de petits groupes de filles font la queue devant les cabines, elle se plante face au miroir mural. Ose enfin se regarder droit dans les yeux.

Disons que ces derniers temps, elle s'est métamorphosée. En juillet, l'orthodontiste lui a enfin ôté les bagues de fer qui marquaient ses dents. Depuis, elle ose sourire franchement et se sent radieuse. Elle avait déjà un certain succès auparavant, mais en plus l'été est passé par là, a paré sa peau pâle d'un joli hâle, jeté un peu plus d'or dans ses cheveux. Pourtant, il n'y a qu'avec Matthieu qu'elle se sent elle-même. Naturelle, pas en représentation. Entre eux, il n'y a pas de jugement. Ils se connaissent depuis cinq ans à présent, ils étaient dans la même classe en sixième. Ils passent leurs vacances ensemble, à traîner dans les chemins de campagne, dormir à la belle étoile, donner des surnoms aux gens comme pour les tenir à distance, s'en protéger.

La jeune fille passe un baume sur ses lèvres, prend une profonde inspiration, puis sort. La cour est aussi bondée que le hall. Les fumeurs se retrouvent autour des grands cendriers, les clans se reforment. Sonia longe les salles de cours, tourne sur la gauche dans une allée isolée. Leur coin à eux, accolé à la forêt qui borde le lycée. Matthieu est adossé contre le grillage.

– Tu en as mis du temps, s'étonne son ami, ça va bientôt sonner.

– Mes parents étaient à la bourre, répond-elle, comme d'hab.

– Jolie robe.

Sonia sourit. Matthieu, lui aussi, a changé ces derniers mois. Ses traits délicats se sont durcis, mais ses yeux verts semblent toujours enchantés par ce qu'il découvre. Ses dents, blanches et longues, lui confèrent un sourire immense, presque trop grand pour son visage.

– Si seulement Ren pouvait penser comme toi, soupire Sonia.

Ren est bien entendu un nom de code. Une référence au manga *Nana*. C'est le surnom qu'ils ont donné à Peter Austin, élève qui entre cette année en terminale L. Sonia est amoureuse de lui depuis six mois environ. Enfin, amoureuse n'est peut-être pas le terme exact… Peut-on aimer quelqu'un à qui l'on n'a jamais adressé la parole ? Disons que Sonia est fascinée par son nez d'aigle, sa chevelure noire indisciplinée, son aura de musicien franco-anglais.

Matthieu lui lance un regard complice.

– Qu'est-ce qu'il y a ? demande-t-elle.

– Il faut vraiment que tu parles à ce garçon cette année. Je ne suis pas sûr que je supporterai une discussion de plus à son sujet. Tu veux devenir écrivain, oui ou non ?

– Euh, oui, quel rapport ?

– Les auteurs vivent de grandes passions pour pouvoir ensuite les raconter. Ils ne restent sûrement pas plantés à attendre qu'un truc se passe. Ils provoquent le truc.

Matthieu marque un point, bien sûr. De quoi parle la littérature, sinon d'amour et de relations ? Elle est bien sortie avec quelques garçons l'année dernière, mais plus par curiosité que par réel intérêt. Des mecs qu'elle ne trouvait pas si mignons que cela finalement, et surtout auxquels elle n'avait pas grand-chose à dire. Après quelques baisers torrides pour eux et d'un ennui mortel pour elle, elle a laissé lâchement ces histoires mourir d'elles-mêmes.

C'est Ren/Peter qui provoque une nuée de papillons dans son ventre, qui fait monter le feu à ses joues. Qu'aura-t-elle à écrire si elle ne trouve pas le moyen d'entrer en contact avec lui ? Qu'elle épie depuis six mois un type de terminale auquel elle a donné un surnom pour plus de discrétion ? Guère palpitant.

La sonnerie résonne, mettant fin à leurs retrouvailles.

– On se voit à midi, lance Matthieu.

Les professeurs se réunissent dans la cour, aboient des ordres pour regrouper les élèves par filières. Pour Sonia, aucun suspens : il n'y a que douze élèves dans la classe de première L, elle sait déjà avec qui elle se retrouvera. En revanche, pour Matthieu, c'est une autre histoire. Les terminales ES sont divisées en trois classes. Pourvu qu'il ne soit pas encore une fois avec l'infernale bande de Yann Masson.

Elle n'a néanmoins pas le temps de connaître le destin de son ami, car M. Brodin, leur professeur principal, les entraîne à l'intérieur.

Sonia scrute les personnes avec qui elle sera enfermée une année entière, huit heures par jour. Quelques visages familiers, d'autres inconnus. Seulement un garçon pour onze filles, songe-t-elle avec amertume.

Ils gravissent les escaliers jusqu'au premier étage, surnommé « L'étage pourri ». C'est ici que se trouvent les salles les plus anciennes, sans vidéoprojecteurs, pourvues de vieilles chaises en bois à l'équilibre souvent précaire. Le genre qui pourrait craquer un jour en plein milieu d'un cours.

M. Brodin les fait entrer dans une salle. La cinquantaine, aussi petit que trapu, le gris a depuis longtemps effacé le brun de ses cheveux. Il adresse à Sonia un regard en biais, aiguisé. Elle se sent frémir. Cet enseignant fait partie de la légende du lycée. Réputé excentrique et anticonformiste, il suscite admiration ou haine. Aucun juste milieu dans la bouche des élèves l'ayant eu en cours.

– Un peu de calme, un peu de calme.

Sonia s'installe au deuxième rang. Emplacement stratégique : ni trop près du prof au cas où elle voudrait faire autre chose, ni trop loin pour ne pas avoir l'air de vouloir faire autre chose. À sa grande surprise, le seul garçon de la classe s'installe près d'elle. Elle l'étudie discrètement du coin de l'œil, pour évaluer s'il s'agit d'une cible potentielle. De taille moyenne, un visage régulier mais banal, une peau brouillée par un reste d'acné et des lunettes qui lui donnent un air sérieux.

Candidature rejetée.

– Pour ceux qui ne me connaîtraient pas encore, je me présente : monsieur Brodin, professeur de français.

Il marque un temps d'arrêt, balaye la classe du regard tout en astiquant ses lunettes. Un silence parfait règne.

– Autant être clair… Je ne suis pas votre père, que vous veniez ou non en cours est votre problème. Les notes ne sont pas non plus essentielles.

Il y a quelques haussements de sourcils sceptiques. Il ajoute :

– Je sais, vous allez me trouver démago, mais ce qui m'intéresse, c'est votre curiosité.

Personne n'ose rien dire. Sonia est effrayée par ce franc-parler, mais ne peut s'empêcher de le trouver rafraîchissant.

Un peu de changement entre ces murs ne fera pas de mal.

– Cela étant mis au point, nous pouvons commencer par la traditionnelle et redondante présentation. Prenez une demi-feuille.

Chacun s'exécute avec une certaine nervosité. Sonia ouvre l'une de ses pochettes cartonnées… vide. Aucune feuille pour le premier jour, cela commence bien. Voyant son désarroi, son voisin lui offre la moitié de la sienne. Elle le remercie tout bas et sort son stylo.

– Connaître votre date de naissance ou ce que font vos parents ne m'intéresse pas. Mettez juste ce que vous aimez. Je veux dire, ce que vous aimez *vraiment*, pas ce que vous pensez que je veux entendre. Vous ne savez rien de ce que je veux entendre.

Sonia suspend la pointe de son stylo au-dessus de la surface blanche. M. Brodin lui ouvre clairement une porte pour s'exprimer. Il n'attend pas du conventionnel. C'est le moment de déverser ce qu'elle mûrit depuis des années. Elle inscrit son nom en haut à gauche, puis rédige d'une écriture rendue hésitante par deux mois de vacances.

Ce que j'aime vraiment, c'est écrire. Lorsque je suis connectée à une histoire, c'est comme si j'étais plongée dans une eau familière, coupée de tout.

J'écris énormément, et quand je n'écris pas, j'ai toujours des personnages suspendus au-dessus de ma tête. Des scènes, des paroles, des images...

Je ne sais pas ce qui me pousse à passer mon temps à façonner des univers. À travailler et retravailler sans avoir la garantie que cela puisse intéresser quelqu'un.

J'ai besoin de ce sentiment d'euphorie pour me sentir épanouie. Je suis malheureuse si je n'écris pas. J'aurais beau être bien entourée, apprendre, m'amuser..., je finirais par dépérir si tout ce qui me vient à l'esprit n'était pas transformé par l'alchimie des mots.

J'aimerais passer mes journées à ne faire que cela, observer les gens, imaginer ce qu'ils vivent, raconter des histoires. Mon rêve serait de devenir écrivain, pour consacrer mes journées à ce qui m'anime.

Lorsque Sonia lâche son stylo, son voisin lui jette une œillade surprise.

– Waouh. Tu grattes vite.

– J'avais des choses à dire.

– Je vois ça. Moi, c'est Quentin.

– Sonia.

M. Brodin ramasse les feuilles, puis leur présente le programme de l'année. Sonia écoute patiemment et, peu à peu, sa crainte se mue en amusement. Cet homme est un véritable personnage, il veut pousser ses élèves dans leurs retranchements, faire jaillir d'eux autre chose que ce que le lycée attend. La perspective de le voir cinq heures par semaine l'enchante.

LOU

Tu sais, Sonia, tu as toujours été la plus forte de nous deux.
La plus souriante, la plus lumineuse.
À côté de toi, je me suis souvent sentie sombre, très sombre.
J'imagine que c'est ce mélange de noir et de blanc
qui a permis que nous en soyons là aujourd'hui

Lou clique sur « Enregistrer sous », puis laisse échapper un soupir satisfait. L'encrage du croquis est terminé, elle n'a plus qu'à le coloriser. Elle lance Photoshop et regarde avec délice les couleurs du nuancier. Pour être certaine de ses choix, elle relit le texte envoyé par Eru.

Une notification rouge lui indique qu'elle a un message privé sur le forum. Pourvu que ce soit lui, pourvu que ce soit lui…

<u>Eru Rōraito</u>

Tu avances ?

Tiamat

Oui. ☺ *J'espère que tu seras content, je crois que j'ai vraiment progressé. Ce sera terminé à temps pour le numéro de décembre.*

Eru Rōraito

Me voilà comblé. Au fait, tu as vu, il y a une nouvelle sur le forum…

Lou fronce les sourcils. Ils n'ont pas eu de nouveaux inscrits depuis un certain temps, et elle trouve cela mieux ainsi. Ce forum, c'est un peu leur seconde maison, une maison virtuelle certes, mais elle s'y sent bien mieux que dans le monde réel. Qui débarque sans s'annoncer, sans sonner ?

Elle va dans la section consacrée aux écrits, et découvre en effet un nouveau sujet d'une certaine Yuna. Bon, une fan de *Final Fantasy X* ne peut pas fondamentalement être une personne inintéressante. Elle lit le poème de l'inconnue.

Pour te le dire

Je déposerai les évidences,
Je jetterai mes armes au feu,
Pour tirer ma révérence,
Et pour te dire adieu.

Je détruirai les apparences,
J'oublierai tous tes vœux,
Et le règne de la distance,
Nous a vaincu tous les deux.

Je me méfierai de l'inconscience,
Des baisers en mon creux,
Je gommerai la souffrance,
De tes puissants aveux.

Je ne céderai plus à l'obéissance,
Du destin des envieux,
Au revoir à l'impuissance,
Je te dis adieu.

Lou reste immobile devant l'écran éblouissant. Plusieurs réponses sont déjà venues s'accoler au poème.

Sarbacane

Tout d'abord, bonjour Yuna, et bienvenue sur le forum Trames ! ☺

Je suis Sarbacane, la maîtresse des lieux. ☺

Avant de poster ton poème, ce serait sympa de faire un tour dans la section « Présentations » pour nous en dire un peu plus sur toi. ☺

Sinon, c'est très joli, bien rythmé, j'aime beaucoup !

Eru Rōraito

Même si la forme n'est pas parfaite, je dois admettre que les sonorités se répondent bien. Je ne suis pas convaincu par la dernière strophe, mais le « Te dire adieu » revient comme un refrain obsédant qui nous emporte. Hâte de lire d'autres de tes textes.

Lou sent la jalousie la picoter. Eru est si avare de compliments avec elle, et voilà qu'il encense la première nouvelle venue ? Qui est cette fille ? Elle clique sur son pseudo et découvre son profil.

Yuna

Message : 1.
Localisation : Normandie.
Emploi : Lycéenne.
Loisirs : Écriture, lecture.

Aucune information cruciale, si ce n'est qu'elle doit avoir à peu près son âge. Lou tente de calmer cette jalousie irraisonnée. Elle est inscrite sur le forum *Trames* depuis un an et est probablement la membre la plus prolifique et active. Eru poste quelques textes quand cela lui chante, Sarbacane est trop occupée par la mise à jour du site puis la fabrication du fanzine. Les illustrations de Lou sont signées « Tiamat », son nom d'artiste.

Tiamat est une divinité mésopotamienne qui personnifie les océans et le chaos. La créatrice des autres dieux. Une entité forte, au-dessus de tout, comme pour compenser sa propre faiblesse au quotidien.

Depuis le premier jour, Lou a toujours le même avatar près de son pseudo : le visage d'une déesse coiffée de longues tresses dessiné par ses soins, colorisé en sépia pour renforcer l'effet ancien. Lou aime beaucoup ce mot, *avatar*. Elle a effectué des recherches dessus. *Avatar* vient d'Inde, il désigne les différentes incarnations des dieux sur Terre. Elle aime penser que Tiamat est son incarnation dans le monde immatériel. Une identité virtuelle qui l'aide à soutenir son identité réelle.

La jeune fille retourne à son logiciel. Alors qu'elle a presque terminé, sa mère surgit dans sa chambre. Sans frapper, comme d'habitude.

– À table !

– Deux minutes, je voudrais finir…

– L'heure, c'est l'heure. Mes lasagnes n'attendront pas.

Pas le choix. Lou repousse son clavier et quitte sa chambre à contrecœur. La table a été dressée sur le large bar de la cuisine, où se trouve déjà son petit frère. Comme chaque soir depuis trois mois, le quatrième tabouret haut est vide. Sa mère sort une boîte de l'un des tiroirs et la pose devant Lou.

Celle-ci s'empare d'une plaquette avec lassitude, puis fait tomber une gélule verte et blanche au creux de sa paume. Le médicament prescrit par le psychiatre qui l'a suivie durant l'été. Un verre d'eau, une déglutition, puis le repas. Sa mère fait toujours semblant d'être occupée à cet instant, mais Lou sait très bien qu'elle surveille la prise du cachet.

Lorsque son père a quitté la maison trois mois plus tôt, le navire de leur famille a fait naufrage. Sa mère a tenu la barre comme elle le pouvait, mais les faits sont là. Son mari est parti du jour au lendemain avec une collègue de travail de dix ans sa cadette. Lou a entendu des conversations qu'elle aurait préféré ne jamais surprendre. Que son père n'avait pas assez profité de la vie, qu'il se redécouvrait, qu'il vivait l'amour véritable…

Et qu'étaient-ils, son frère et elle, au milieu de ce tremblement de terre ? L'incarnation d'un amour trahi, repoussé, renié. La trace de ce qui enchaînait encore ses parents, qu'ils le veuillent ou non.

Alors elle avait pleuré. Chaque jour. Tandis que le soleil brillait si fort à Angoulême, qu'elle aurait pu faire mille et une choses, elle est restée prostrée. Parfois, il lui était impossible de se lever. Certaines nuits, elle avait été secouée de crises d'angoisse terribles. Sa mère l'a donc conduite chez un médecin, qui a établi un diagnostic.

Dépression.

Depuis, elle suit une psychothérapie et prend les gélules colorées. Emballage idéal pour oublier ce qu'elles contiennent.

Lou doit l'admettre, les médicaments ont taillé une brèche de lumière dans la nuit de son esprit. Mais à présent qu'elle va un peu mieux, qu'elle se sent plus solide, ils lui apparaissent comme une béquille encombrante. Elle voudrait arrêter.

– J'ai mis tes affaires pour demain dans l'entrée, l'avertit sa mère en s'installant à table.

– Maman ! s'énerve-t-elle. Je t'ai dit que j'allais m'en occuper !

– Je préférais être sûre que tu n'oublies rien. Tu verras, j'ai collé des étiquettes par matières sur le trieur…

Lou se sert des lasagnes, s'avouant vaincue pour ce soir. Sa mère a toujours eu un besoin maladif de contrôle. Sa coupe au carré impeccable, ses chemisiers toujours lisses, ses journées qu'elle découpe méticuleusement, tout le prouve. Le divorce n'arrange probablement pas ce travers.

Lou engloutit rapidement son dîner.

– Je peux sortir de table ?

Sa mère hésite quelques instants, puis acquiesce.

– Et moi ? demande Jean.

– Toi, tu termines ton assiette.

– C'est pas juste !

Lou abandonne son petit frère et sa mère à leur négociation, puis rejoint sa chambre en quatrième vitesse. Se replonger dans son dessin efface l'angoisse qui monte en elle à l'idée de la rentrée. Une fois l'illustration terminée, elle l'envoie à Eru Rōraito. Hélas, ce dernier n'est plus en ligne. Dommage.

Lou éteint l'ordinateur, et découvre son reflet sur la surface noire de l'écran. Elle a un strabisme très léger depuis l'enfance, sa « coquetterie dans l'œil », comme l'appelle sa mère. Elle ne cesse de dissimuler son œil gauche à l'aide d'une mèche de cheveux.

Dans les moments noirs, les réflexions innocentes mais cruelles des élèves au collège reviennent la hanter. « Mais tu louches un peu, non ? Pourquoi ? » Interrogations simples, mais qui ont grignoté sa confiance en elle. Lou, qui a un sens très aigu de l'esthétique et de la symétrie, ne se trouve pas jolie. Il y a cet œil d'abord, et son nez un brin busqué, ses taches de rousseur, son manque de poitrine…

Comment pourrait-elle plaire à un garçon ? Elle a seize ans et jamais ses lèvres n'en ont connu d'autres. Elle n'intéresse personne, voit les relations se faire et se défaire sans en être l'actrice.

Heureusement, il y a Eru. Tous deux discutent sur le forum depuis un an. Elle ne l'a jamais vu, mais elle sait qu'il a dix-huit ans et qu'il est étudiant en droit.

Contrairement aux autres membres, il ne met pas en ligne de photos de lui. Néanmoins, Sarbacane l'a déjà rencontré. Il l'a aidée à tenir le stand à Japan Expo, l'année dernière. Lou aimerait interroger Sarbacane, lui demander à quoi Eru ressemble, mais ne serait-ce pas révéler ses sentiments ?

Alors Lou et Eru discutent des heures durant sur Internet. Ils parlent de mangas, de littérature, de jeux vidéo, et parfois de la vie, rien qu'un peu. Elle lui a tout raconté sur le départ de son père, Eru lui a envoyé des mots rassurants, auxquels elle se raccroche.

Lou se glisse sous ses draps. Elle tourne la tête vers les murs cernés de bibliothèques, couve affectueusement ses collections de bandes dessinées du regard. Un jour, la sienne figurera sur ces étagères. Même si la première S s'annonce difficile, qu'il faudra lutter entre les devoirs et la tristesse, elle ne doit pas perdre de vue cet objectif. C'est le dessin qui la tire vers le haut.

Pas les médicaments.

– Lou Hauet, première Azur.

Elle accepte la sentence sans broncher et se range près de ses camarades. Le discours de rentrée achevé, la journée commence. La première chose que fait Lou, c'est de coller son emploi du temps dans son agenda.

Ces rectangles blancs et noirs sont autant de blocs d'ennui qu'il faudra supporter durant neuf mois.

Neuf mois avant les grandes vacances.

Une éternité.

Tant de mathématiques, de physique, de SVT…

Soudain, Lou regrette de ne pas s'être davantage battue contre sa mère. Elle aurait aimé choisir la filière littéraire, où elle aurait pu prendre option arts. Hélas, on lui a rabâché durant toute sa scolarité que L était une voie de garage, la section de ceux qui ne savent pas quoi faire de leur vie. À entendre son entourage, c'est le purgatoire avant le chômage, et le chômage, c'est bien le démon familial.

Ce qui compte, dans cette époque de crise, c'est la stabilité. Il faut assurer ses arrières, mettre toutes les chances de son côté. Nous vivons dans un monde scientifique, un monde de raison, répète sans cesse sa mère.

Lou subit cette rengaine de la part d'une femme qui a passé son existence à élever ses enfants. Elle n'ose néanmoins pas souligner ce paradoxe.

Elle se rend en cours d'anglais, le vague à l'âme. Dans la classe, les groupes sont déjà créés. Ceux qui se connaissent se retrouvent, les amitiés se nouent rapidement. Elle reste au fond de la salle, bien décidée à mettre autant de barrières que possible entre les autres et elle.

Chaque année, c'est la même histoire. Lou est cataloguée intello. Elle sait que ce n'est qu'une question de temps. Bien qu'elle évite de participer, les professeurs soulignent toujours ses excellents résultats, des élèves se penchent pour regarder les notes sur ses copies. L'année dernière, elle a obtenu les félicitations du conseil de classe. Cela devrait la réjouir, pourtant, ces médailles scolaires se révèlent un handicap. Elle voudrait se faire des amis, réellement. Mais elle n'a rien à dire aux élèves qu'elle côtoie. Peut-être est-ce parce qu'elle n'ose jamais les regarder dans les yeux, ou parce qu'ils n'ont aucun point commun avec elle…

La journée passe avec une lenteur insoutenable. En prenant des notes, Lou surveille l'heure sur le portable dans sa trousse.

Quand vient enfin la libération, elle quitte avec plaisir l'imposant bâtiment gris du lycée Guez-de-Balzac. Elle franchit les hautes grilles et se mêle aux élèves qui courent vers les arrêts de bus.

Lou aime bien Angoulême l'automne. Depuis la colline, elle a une vue superbe sur le Jardin Vert, qui déploie des feuillages d'un roux chaleureux. Elle resserre son écharpe autour de son cou, profite des rayons rasants du soleil et descend à pied. L'appartement se trouve à cinq minutes seulement, juste à côté de la cathédrale Saint-Pierre.

Avant de rentrer, Lou a un rituel. Elle se plante devant l'édifice de style roman et admire la façade riche en sculptures. Ce bâtiment a survécu aux métamorphoses du monde. Il la rassure.

Lorsqu'elle pousse la porte de l'appartement, sa mère aide Jean à faire ses devoirs.

– Tout s'est bien passé ? s'assure-t-elle.

– Oui. Par contre, j'ai encore monsieur Michel en maths.

– Oh non ! Bon, demain, j'appelle le lycée…

– Maman, j'ai seize ans ! Tu ne vas quand même pas leur faire un scandale !

– Mais tu n'as pas arrêté de dire que ce prof était une catastrophe l'année dernière, il faut savoir !

– Je ferai avec.

Ce que sa mère n'a pas compris, c'est qu'elle n'est plus une enfant. Les parents n'ont pas d'emprise sur le monde du lycée. Elle doit lutter seule là-bas.

Lou pose sa veste en cuir sur le portemanteau, puis file dans sa chambre.

Enfin.

Son sas.

Sa journée commence seulement maintenant en réalité.

Elle craque une allumette et allume les grosses bougies disposées sur son bureau. Une pression sur le bouton de la tour, puis l'ordinateur s'éveille. Elle se rend aussitôt sur le forum *Trames*.

Un message privé. Son cœur s'affole.

Pourvu que ce soit Eru…

Non. Yuna.

Yuna

Bonjour Tiamat,

Simplement pour te dire que j'ai vu tes illustrations dans la galerie du site et que je les trouve absolument magnifiques ! J'aime particulièrement celle de la sirène sur son rocher. Les couleurs sont splendides, tu travailles comment ?

En tout cas, tu as un talent fou. ☺

Si un jour tu souhaitais lire un de mes textes, pour peut-être, qui sait, lui donner vie sur papier, ça me ferait super plaisir…

Yuna, alias Sonia

PS : Moi aussi, j'adore Final Fantasy X, comme tu peux le constater…

Lou relit pensivement ces quelques lignes. Les compliments lui vont droit au cœur, gomment la morosité de la rentrée.

Tiamat

Hello Yuna,

Merci, ton retour me fait super plaisir ! Tu sais, les illustrations mises sur le site commencent à dater, j'ai beaucoup progressé depuis (notamment sur les volumes). En ce moment, je m'affirme de plus en plus dans des univers d'heroic fantasy.

Ah oui, Final Fantasy X, une merveille ! J'écoute très souvent les musiques du jeu pour m'inspirer.

Concernant tes textes, envoie-moi ce que tu écris en dehors de la poésie, on verra si ça m'inspire.

Ciao.
Tiamat

Il ne s'est pas écoulé trois minutes que Lou reçoit une réponse.

Yuna

Re-bonjour Tiamat,

Moi aussi, j'écoute en boucle les musiques de Final Fantasy X ! Un gros coup de cœur pour Suteki da ne…

Ci-joint le premier chapitre de mon roman en cours, alors. C'est le tome 1 d'une trilogie de fantasy que j'ai nommée La guilde chimérique. J'en suis à la moitié environ et galère un peu sur une scène de combat en ce moment. Bref, dis-moi ce que tu en penses !

Lou ouvre le document, plus par curiosité que par intérêt. Elle lit les premiers paragraphes pour se faire une idée, puis se trouve emportée. À la fin, Yuna a pris soin d'ajouter les fiches descriptives des personnages. La jeune fille sourit. Après tout, pourquoi pas ? Eru n'a pas répondu à son dernier message, elle n'a rien de particulier à faire ce soir.

Feuille blanche et crayon, elle croque un personnage, puis scanne le dessin. Une heure et demie après le dernier message de Yuna, elle lui répond :

Tiamat

Voici comment je vois la princesse Fëa.

Qu'en dis-tu ?

À peine trente secondes plus tard, elle reçoit une notification.

Yuna

WAAAAAAAAOUH !

C'est exactement comme ça que je l'imagine !

C'est trop trop trop beau !

Tiamat

Attends, je n'ai pas encore mis les couleurs…

Yuna

Ça me fait drôle de la voir, c'est comme si elle devenait réelle tout à coup. Tu es tellement douée, j'ai du mal à y croire…

Merci pour ton temps.

Tiamat

De rien, j'ai bien aimé le début de ton roman (tu m'envoies la suite ?).

Yuna

Bien sûr, la voilà en pièce jointe. Je n'ai encore jamais montré ce que j'écris à quelqu'un d'autre que mon meilleur ami Matthieu, j'ai un peu peur.

Tiamat

Ton poème a eu un certain succès sur le forum. Eru a bien aimé (et crois-moi, il est du genre exigeant).

Yuna

J'avais cru comprendre, ça m'a tellement motivée ! Dis, ça se passe comment, si on veut rejoindre l'équipe de Trames ?

Tiamat

Il faut que tu adresses ta candidature à Sarbacane, c'est elle qui gère le site. Mais compte tenu de ce qu'elle a pensé de ton poème, je crois que ça ne devrait pas poser de problème…

Yuna

Ça doit être génial de voir ses créations publiées !

Tiamat

Oui, mais attention, ça reste un fanzine. C'est un boulot d'amateur. L'idée, c'est ensuite de les vendre lors de Japan Expo au mois de juillet. Sarbacane prend un stand pour l'association, dans l'espoir d'attirer des professionnels.

Et les professionnels, c'est l'objectif!
Cette année, je devrais venir.

Yuna

Je viens d'envoyer un message à Sarbacane, j'espère qu'elle me répondra. Votre projet est tellement enthousiasmant, ça fait plaisir de voir des personnes qui se bougent. J'aimerais vraiment devenir écrivain un jour, tu sais.

Tiamat

Tu as de l'ambition, c'est bien. Moi, je voudrais être illustratrice professionnelle (si je ne meurs pas d'une overdose de maths d'ici là, évidemment).

Yuna

Tu as besoin d'une scénariste? ☺

Lou hésite. Oui, elle a besoin d'un scénariste, et elle aimerait que ce soit Eru… Mais ce dernier n'est guère réactif, elle est lassée de ses réponses sporadiques. Se tourner vers un autre auteur piquerait peut-être son ego.

Tiamat

Pourquoi pas?

OCTOBRE

OCTOBRE

SONIA

Dis, Lou, tu te moques toujours de moi
quand je parle de destin.
Du lien invisible qui nous unit.
Pourtant, j'ai du mal à imaginer
que les choses auraient pu être différentes.

Il est là.

Peter fume une cigarette dans la cour, entouré d'un groupe de filles. Ses groupies. Il faut dire qu'en terminale L, compte tenu d'une majorité féminine écrasante, le musicien attire la convoitise. Un mec littéraire qui n'est ni gay ni moche est une denrée rare.

Bien sûr, d'ami en ami, Sonia a trouvé son profil Facebook et voit passer de temps en temps quelques photos où il est tagué. Il suffirait d'un clic pour les rapprocher, un timide « Ajouter » pour créer du lien virtuel entre eux… Mais elle refuse de dévoiler son intérêt de cette façon.

Le mardi après-midi, elle a remarqué que tous deux ont une heure de permanence avant la fin des cours. La journée se termine dans quelques minutes. Elle décide alors d'employer sa meilleure technique. Adossée au mur en attendant Matthieu, elle fixe Peter. Ce dernier s'esclaffe avec une petite brune.

– Allez Ren, murmure-t-elle, par ici, par ici…

Au moment où il tourne la tête dans sa direction, elle fait mine d'être absorbée par son téléphone portable. D'un coup, elle rencontre volontairement ses yeux, prend une expression interrogative pour lui faire croire que c'est lui qui la regardait. Il rompt l'échange visuel, paraît troublé, puis reprend la discussion avec la bande de filles. Parfait. C'est suffisant pour aujourd'hui.

La sonnerie libératrice retentit dans les haut-parleurs fixés à la façade. Peter et ses acolytes s'éloignent vers la grille sans se retourner. Sonia, elle, ne se précipite pas vers la sortie comme les autres. En tant qu'interne, le lycée est devenu sa seconde maison.

– Tiens, tiens, j'en connais une qui est en chasse…

Elle fait volte-face et découvre Matthieu, son sac en bandoulière à travers l'épaule.

– Tu lui as parlé ?

– Non, mais il m'a regardée pour la première fois.

– J'imagine que c'est un progrès…

– Il faut que je trouve le moyen de le contacter. Un truc original.

Alors que les élèves quittent l'établissement, le tandem avance à contre-courant. Ils rentrent dans le hall, puis se dirigent vers les murs de casiers peints en bleu. Sonia retire le cadenas du sien, puis prend les livres dont elle a besoin pour l'heure d'étude. Au moment où elle les enfourne dans son sac, une évidence la traverse.

– Les casiers ! s'exclame-t-elle.

– Quoi, les casiers ?

– Imagine : je repère le casier de Peter, puis je lui glisse un mot mystérieux pour qu'il ait envie de répondre.

– C'est tordu, mais très romanesque.

Sonia observe le vaste couloir où errent quelques retardataires.

– On a un avantage, on est internes. Quand il n'y a plus personne, on a accès à tout le lycée. Je lui demanderai de mettre sa réponse dans un casier vide et j'irai la chercher le soir, quand la voie sera libre.

Matthieu se mord la lèvre inférieure, amusé.

– C'est une bonne idée, non ? insiste-t-elle, enflammée.

– Ça a un petit côté stalkeuse psychopathe, mais ça te va bien…

Elle lui frappe la tête avec son exemplaire des *Lettres persanes* de Montesquieu.

– Aïe ! Mais tu sais lequel c'est, le casier de Ren ?

– Pas encore.

Tandis que son ami frotte son crâne endolori, elle ne peut s'empêcher de le dévisager avec affection. Matthieu fait partie des beautés qui s'ignorent, de celles qui ont été étouffées par la scolarité. Alors que Sonia va vers les autres spontanément, se rend sur l'estrade pour un exposé sans même sembler stressée, Matthieu est plus réservé.

Sonia sait qu'il appartient à la strate basse de cette chaîne alimentaire qu'est le lycée. En haut, il y a les carnivores, les populaires. Au milieu, les herbivores, ou les moutons, ceux qui suivent docilement le mouvement. En bas, les oiseaux noirs, les marginaux. Sur leurs branches, au-dessus des autres sans doute, mais ils sont de temps en temps piégés par un prédateur. Sonia se situe plutôt dans la classe des populaires, elle reçoit les invitations aux soirées, souvent parce qu'un garçon veut l'y voir. Elle admet se sentir parfois écartelée entre deux mondes. Elle n'a pas honte de Matthieu, non, mais elle sent bien les regards condescendants peser sur lui… Elle résiste à la pression, déjeune chaque midi avec lui, tente de se dresser comme un rempart entre la famille improvisée qu'ils forment et la faune hostile du lycée.

Après leur heure d'étude obligatoire, elle se rend au réfectoire avec Matthieu, ils s'installent à une table près de la fenêtre. Le jeune homme va chercher du pain et, quand il revient d'un pas lent, les épaules voûtées, Sonia comprend que la journée n'a pas dû être très bonne.

– Ça ne va pas ? demande-t-elle gravement.

Matthieu s'assoit, puis porte la fourchette à sa bouche. Sa main tremble.

– Toujours Yann et sa bande. Moi qui voulais être avec n'importe qui sauf eux…

– Merde.

Il mâchonne en silence un morceau de steak filandreux.

– Ils m'ont déjà insulté en cours de physique.

– Quoi ?

– « Sale PD. »

Sonia se rejette en arrière dans sa chaise, puis secoue la tête de gauche à droite, dépitée. Matthieu a compris l'année dernière qu'il aimait les garçons. Il l'a compris bien après les autres manifestement, puisque, au collège déjà, il recevait ce genre d'insultes.

À vrai dire, jamais Sonia ne s'est demandé si son ami aimait les filles ou les garçons. Il a toujours été son confident, celui avec qui elle a partagé les années de collège. Le jour où il lui avait annoncé, pudique, qu'il pensait être attiré par les garçons, Sonia avait simplement répondu : « OK. Bon alors, on est d'accord pour statuer sur le fait que Peter alias Ren est canon, non ? »

Matthieu avait éclaté de rire, probablement soulagé de ne pas subir un interrogatoire dérangeant du genre : « Quoi, mais depuis quand ? Tu es sûr ? » etc. Ce n'était qu'un détail intime, qui ne regardait personne d'autre que lui. Il avait affirmé : « Ren est SUPER CANON. Mais t'inquiète, il est pour toi. »

– Cette année, résolution. Tu ne vas pas te laisser faire par Yann, murmure-t-elle, très sérieuse.

– Je vais essayer, seulement je ne savais même pas quoi répondre.

Elle pose spontanément la main sur celle de son ami.

– Quand tu seras une écrivain professionnelle, ajoute-t-il, tu raconteras à quel point certains sont encore très cons au lycée ?

– Promis.

L'internat du lycée Jean-Monnet est mixte et comprend deux ailes, l'une pour les filles, l'autre pour les garçons, situées chacune à une extrémité de l'établissement. Chaque soir, Sonia retrouve Matthieu pour l'étude et le repas, puis regagne sa chambre qu'elle partage avec Lise, une fille de première S, avec laquelle les interactions sont assez limitées. Le bâtiment des filles est le plus ancien et le plus vétuste. Au programme : murs lézardés, éviers maculés de taches suspectes, lits aux ressorts grinçants. Malgré cela, Sonia ne regrette pas son choix. Il y a dans les couloirs un aspect communautaire, une bonne ambiance et bien plus de discipline que dans sa famille. Cette tranquillité la force à travailler, que ce soit ses cours ou ses romans.

La nuit tombée, Sonia n'est jamais vraiment seule. Matthieu l'inonde de SMS et son ordinateur portable lui permet de rester connectée au monde. Après avoir achevé son devoir de littérature, elle se connecte au Wi-Fi. Direction le forum de *Trames.*

Sarbacane

Bonjour Yuna,

Désolée d'avoir mis du temps à te répondre, mais nous avons étudié très attentivement ta candidature et tes textes.

Comme tu le sais, le fanzine a pour but de rester à une échelle familiale, et nous acceptons peu de nouveaux membres. Néanmoins, Naïa, Eru, Neph, Tiamat et moi-même avons été séduits par ce que tu nous as envoyé.

Je te propose d'écrire une nouvelle inédite pour le fanzine de Japan Expo. Tiamat sera ton illustratrice. Est-ce que ça te va ?

Bienvenue parmi nous !

Assise en tailleur sur son lit, Sonia pousse un cri de joie, bat des mains. Depuis son bureau, Lise lui lance une œillade sceptique.

– Pardon ! s'exclame Sonia en riant. C'est juste que je viens de faire un premier pas dans le monde des gens qui *publient* !

Lise se contente d'un rictus d'incompréhension.

– Je veux devenir écrivain, je ne t'ai pas dit ?

– Si, au moins dix fois, je pense…

Sonia ignore la pique verbale et envoie aussitôt un message privé à Tiamat.

Yuna

Sarbacane la big boss vient de m'accepter parmi vous ! Youhouuuuuuu !

On va bosser ensemble sur une nouvelle pour le fanzine de juillet !

Comme tous les soirs, Tiamat est connectée.

Tiamat

Ça y est, elle te l'a annoncé ! En fait, je suis au courant depuis quelques jours (désolée, j'étais obligée de garder le secret).

Je sens qu'on va bien s'amuser. ☺

Yuna

Cette semaine, j'ai pas mal de devoirs, mais je vais commencer à réfléchir ce week-end. J'ai déjà plein d'idées.

Tiamat

*On part sur une nouvelle de fantasy, pas vrai ? Je te jure, besoin d'une sacrée dose d'imaginaire pour me sortir de ces *** de cours de maths de ***. Sans compter ma mère qui me gave.*

Sonia suspend ses doigts au-dessus du clavier. C'est la première fois que les discussions avec Tiamat basculent autant sur sa vie privée.

Yuna

Je comprends, la mienne aussi m'énerve souvent. Elle pense plus à ses chats qu'à mon avenir, c'est pour ça que je me suis exilée en internat. C'est comment, dans ta famille ?

Tiamat

À ses chats ? 😐 Mais elle fait quoi, ta mère ? (désolée si c'est trop perso !).

En fait, pour tout te dire, mon père s'est barré cet été pour une autre nana. Depuis, c'est l'enfer, ma mère est de plus en plus rigide. Je voudrais devenir illustratrice, faire une école d'arts, mais elle ne veut pas en entendre parler…

Yuna

Ma mère élève des chats persans. Je sais, c'est bizarre.

Dur pour ta famille. Et ta mère, elle fait quoi ?

Tiamat

Éleveuse de chats, c'est peu commun…

Ma mère ne travaille pas, elle a toujours été mère au foyer. Du coup, je ne sais pas comment ça va se passer, si mon père va lui verser une pension, s'il faut qu'elle retrouve du boulot. Elle n'en parle pas.

Yuna

Pas facile. En tout cas, ce qui est certain, c'est que si tu veux devenir illustratrice, il vaut mieux passer par la formation adéquate. C'est TA vie, pas celle de ta mère.

Tiamat

Oui, tu as raison. Merci, ça fait du bien d'en parler à quelqu'un. ☺

Sonia contemple pensivement son écran. À quoi peut bien ressembler cette fille ? Est-ce qu'elle n'a jamais discuté de ses problèmes avec ses amis auparavant ? Est-elle… seule ?

Soudain, une notification apparaît. Un nouveau message.

Eru Rōraito

Félicitations, chère Yuna, et bienvenue dans l'association Trames.

J'espère que nous aurons l'occasion d'échanger bien davantage à l'avenir.

LOU

Toi la plume, moi le crayon.
Tu m'as donné la force de dire "non".

M. Michel est un véritable sadique. Lou en est convaincue. Il fait partie de ces profs qui rendent les copies dans un ordre bien particulier : de la meilleure note à la moins bonne. Comme d'habitude, son nom sort en premier.

– Lou Hauet, dix-sept. Excellent travail.

Elle récupère la copie, gênée par les regards envieux ou incendiaires braqués sur elle. La distribution se poursuit. Des élèves soupirent de soulagement, d'autres attendent nerveusement tandis que les notes baissent. Cette torture psychologique devrait être interdite.

– Julie Erouard, six et demi. Il faut reprendre la définition de la tangente.

La jeune fille récupère la feuille d'un air dégoûté. Son amie Farah pose aussitôt une main réconfortante sur son épaule.

– T'inquiète pas, toi au moins, t'as une vie, pas comme d'autres…

Elles pouffent sans retenue. Lou se ratatine sur sa chaise. Elle sait bien qu'elle est visée. Depuis le début de l'année, Julie l'a en ligne de mire. Ce ne sont pas des attaques frontales, non, mais des allusions, des rires camouflés. Lou l'ignore tout en griffonnant avec ferveur le visage d'un personnage dans le coin de sa feuille. Dessiner est son échappatoire, son oxygène, son bouclier contre toutes les moqueries. Les marges de son cahier de maths sont ornées de croquis qui débordent sur les formules.

– Pour la semaine prochaine, vous ferez les exercices trois et quatre page quarante. N'oubliez pas le contrôle sur table de vendredi.

Le cours s'achève. Les élèves se hâtent de ranger leurs affaires. Un groupe se forme entre les tables, et les conversations vont bon train.

– Vous allez à la soirée de Laure ?

– Grave, j'ai dit que je participais sur Facebook.

– Moi j'ai mis « Peut-être », mais je pense venir.

Tout en rangeant ses livres, Lou ne peut s'empêcher de grimacer. Elle s'est promis de ne jamais suivre le mouvement, de ne jamais s'inscrire sur Facebook. Les gens l'utilisent uniquement comme une vitrine personnelle. C'est un champ de bataille virtuel à qui est le plus sympa, le plus beau, le plus cool. On mesure sa réputation au nombre de « Like ». Livrer toute sa vie privée à une liste de faux amis la révulse. Sur le forum *Trames,* elle conserve son anonymat. Néanmoins, elle a conscience que ce refus catégorique lui fait rater les nombreux événements organisés par les membres de la classe.

Elle rentre à l'appartement en tentant d'ignorer son agenda bardé de devoirs. Sa mère se trouve dans la cuisine, en train d'éplucher une liasse de papiers.

– Qu'est-ce que c'est ? demande Lou.

Sa mère les range aussitôt, manifestement embarrassée.

– Rien, rien du tout. Ça a été, ta journée ?

– Mouais, comme d'hab.

– Tu te souviens d'Anne-Sophie ? La fille des Haffner ?

Lou s'empare d'une pomme dans la corbeille et, d'un haussement d'épaules, signifie que non.

– Tu jouais avec elle au Jardin Vert, quand tu étais petite… Bref, figure-toi qu'elle a réussi son concours HEC. Une fille brillante, vraiment.

Lou serre le poing pour contenir son exaspération. Ça y est, c'est reparti pour le laïus sur les grandes écoles.

– Si besoin, elle pourra te donner des cours quand tu seras en prépa. C'est toujours bon à savoir.

La jeune fille sent la colère monter, ramper le long de sa gorge, se transformer en mots. Le message de Yuna bondit dans son champ de vision. *C'est TA vie, pas celle de ta mère.*

– Maman, plus je réfléchis, et moins j'envisage de faire une prépa après le bac. Je pense plutôt aux Gobelins. C'est l'école de l'image, ce qui se fait de mieux à Paris.

Sa mère passe une main nerveuse dans son carré, réajuste son serre-tête.

– Écoute, Lou, on en a déjà parlé. L'art, c'est une passion, mais la réalité, c'est autre chose. Tu pourras toujours continuer de dessiner à côté de tes études…

– Je ne veux pas dessiner à côté de mes études, je veux étudier le dessin.

Elle fait front, le menton redressé, les yeux armés de détermination.

– Tu es encore trop jeune pour savoir ce que tu désires réellement, il vaut mieux te donner toutes les chances, t'ouvrir le plus de portes possible. De nos jours, avoir son indépendance financière, c'est essentiel.

– Ah oui ? C'est toi qui dis ça, alors que tu n'as jamais bossé de ta vie ?

Sa mère recule d'un pas comme si elle venait de recevoir une gifle. Lou secoue la tête, dépitée, et file dans sa chambre telle une tornade. Il fallait que ça sorte, qu'elle lui jette à la figure cette réplique qui la dévore depuis des mois. Lou ne supporte plus que quiconque choisisse pour elle. À croire que sa mère la pense incapable de se connaître, de prendre des décisions fiables. Comme si ses parents n'avaient pas assez déterminé sa vie. Ça a commencé le jour de sa naissance : ils l'ont appelé Lou. *Lou.* On dirait le diminutif de Louis, ça sonne carrément masculin. Le prénom que les parents choisissent pour leurs enfants, c'est peut-être la signature de ce qu'ils projettent pour eux.

Pour se calmer, elle se connecte au forum *Trames.*

Eru Rōraito

Salut Tiamat,

Ça fait un moment que tu ne m'as pas donné de nouvelles, comment vas-tu ?

À chaque fois qu'elle voit ce nom s'afficher, son cœur manque un battement. Il faut croire que l'annonce de sa collaboration avec Yuna a fait son effet. Eru est si énigmatique, cultivé et fascinant. Son pseudonyme vient du manga *Death Note*, un shōnen centré sur un lycéen découvrant un cahier aux pouvoirs surnaturels lui permettant de donner la mort, qui sera poursuivi par un détective nommé L, génie excentrique au passé opaque. Eru Rōraito est le véritable nom de ce mystérieux détective, le genre de détail que seul un passionné de manga peut connaître. Est-il possible qu'elle soit tombée amoureuse de lui sans jamais l'avoir vu ?

Tiamat

Salut Eru,

Pour être franche, ça ne va pas super fort, les cours me gonflent, mais on fait avec.

Et toi, comment vas-tu ?

Elle a bien conscience de se plaindre, se le reproche, envoie malgré tout le message. Avant de reprendre son dessin en cours, elle fait un petit tour sur les sections du forum. Dans le sujet « Trombinoscope », un nouveau message de Yuna. Elle découvre alors une photo de sa scénariste : une jolie blonde au sourire pêchu, mèche à la mode, headband tressé dans les cheveux. Lou scrolle et s'empresse de lire les commentaires suivant le cliché.

Tiamat

Ravie de mettre un visage sur ton pseudo, Yuna !

Eru Rōraito

De même, et quel visage !

À la vue du dernier post, les lèvres de Lou se pincent. À cet instant, elle déteste Eru tout en sachant que rien ne lui ferait plus plaisir que de recevoir un message de sa part.

Aucune notification. Il est pourtant connecté, son pseudonyme est affiché en bas du forum, mais rien.

Ce silence l'agace bien plus qu'elle ne voudrait l'admettre. Elle quitte le site, lance Photoshop et reprend sa colorisation. Choisir les nuances, appliquer les calques, vide son esprit. Son travail achevé, elle se sent plus sereine, plus calme.

L'heure du dîner approchant, elle décide de prendre sa douche. Alors qu'elle referme la porte de sa chambre, une voix retentit depuis le rez-de-chaussée :

– Non, je te dis que ça ne sert à rien d'en parler aux enfants… Ça va les inquiéter.

Est-ce des larmes qu'elle perçoit entre ces intonations ? Lou rase le mur, s'approche de la cage d'escalier et scrute entre les barreaux. Sa mère se tient face au bar, le téléphone entre son épaule et son oreille, une tomate dans la main.

– Je sais tout ça ! Pitié, maman, je n'ai pas envie d'entendre encore une fois que tu me l'avais dit. Répéter que Philippe est un connard ne m'aide pas.

Silence.

– Non, je n'ai pas besoin de ton aide ! J'ai besoin de trouver un travail, tu comprends ?

Lou passe ses bras autour de ses jambes, sent son cœur se comprimer à la vue de ce spectacle.

– Mais je n'en sais rien, moi, de ce qu'on peut faire quand on n'a jamais travaillé ! Il faut que je trouve, c'est tout. Bon, je te laisse, je dois terminer le dîner.

—

Elle raccroche, puis enfouit son visage entre ses mains.

Lou hésite à descendre, à serrer sa mère dans ses bras.

Mais elle ne se sent pas assez forte, lui en veut de lui faire porter ses échecs et ses peurs.

Alors, très doucement, elle fait demi-tour et regagne sa chambre.

NOVEMBRE

SONIA

Toi le crayon, moi la plume.
Je voulais juste te dire...
Je ne sais pas si j'y serais parvenue sans toi.

Sonia Pradier

Il y a 2 heures

Merci à tous pour vos adorables messages. ^_^ 16 ans, je vieillis !

J'aime - Commenter

➜ Matthieu Fossey, Quentin Langlois et trente-deux autres personnes aiment ça.

💬 Afficher les cinq commentaires.

Matthieu Fossey Encore encore encore joyeux anniversaire ma So !

Linh Nguyen <3 Ma belle !

Alexandra Pradier Bon anniv cousine ! Quand est-ce que tu viens me voir à Paris ?

Quentin Langlois Cool, tu apportes un gâteau en cours de français ? ;) Certain que Brodin sera OK !

Cinquante-quatre personnes ont posté un message sur son mur pour son anniversaire. Sonia clique sur « J'aime » après chacun des petits mots, ravie d'être l'objet de tant d'attentions. Quentin a encore commenté l'un de ses statuts. C'est devenu systématique depuis quelques semaines. Il est évident qu'il craque pour elle, mais elle fait semblant de ne pas le remarquer. Elle apprécie les moments qu'ils passent ensemble, a trouvé un chouette binôme dans sa classe, mais ce qui est gagné d'avance n'a plus aucun intérêt.

Sonia referme l'icône Facebook de son iPhone. L'absence de « 1 » sur le fond vert lui vrille le cœur. Ses parents ne lui ont pas encore souhaité ses seize ans. Bon, il n'est que onze heures moins le quart. Ils ont encore toute la journée pour y penser.

– Alors, il est où, ce gâteau ?

Elle relève la tête et découvre Quentin, tout sourire, qui s'est mêlé à la petite queue qu'ils forment devant la salle de français.

– Tu aurais pu en apporter un, non ? rétorque-t-elle, taquine.

– J'ai eu une autre idée.

Il plonge la main dans son sac, puis lui tend un paquet Fnac. Sonia se raidit.

– Prends-le, il ne va pas te manger !

Deux filles de la classe s'approchent, curieuses. Sonia déchire le papier marron et découvre un livre au format poche. *Écrire*, de Marguerite Duras.

– J'ai pensé que ça pourrait t'aider, tu sais, pour ton projet…

Sonia sourit timidement, touchée par la pertinence du cadeau, culpabilisée par les attentes qu'il révèle.

– Quentin, c'est adorable, tu n'aurais pas dû…

– Silence, silence !

M. Brodin arrive dans le couloir, sa chemise froissée tendue par son embonpoint. Il se plante devant la porte, glisse un œil au roman que tient Sonia.

– On a de bonnes lectures, à ce que je vois, mademoiselle Pradier…

Avant qu'elle n'ait eu le temps d'ouvrir la bouche, il entre dans la salle et les élèves s'engouffrent à sa suite. C'est devenu un pacte tacite désormais. Quentin et Sonia s'installent toujours dans la deuxième rangée de gauche, près de la fenêtre. M. Brodin pose violemment sa sacoche sur le bureau, puis empoigne une liasse de feuilles. Des murmures d'anxiété font frémir la classe.

– Je vous rends vos commentaires composés sur les *Lettres Persanes*. Servez-vous.

Le paquet circule entre les douze élèves. Quentin jure en voyant sa note, puis tend à Sonia sa copie. Un quinze cerclé de rouge, au-dessous duquel se trouve l'annotation suivante : *Écriture agréable, des axes intéressants. Bon travail.* Une onde de joie l'envahit.

Le professeur s'avance jusqu'au tableau, puis inscrit à la craie, en majuscules :

IRONIE.

– Quelqu'un peut définir l'ironie ?

Silence dans la salle. Sonia, que sa note a rendue plus confiante, lève la main.

– Oui ?

– C'est affirmer le contraire de ce que l'on dit dans le but de se moquer.

– Exact. Je suis certain que vous la pratiquez tous régulièrement. Ceux qui ont en dessous de la moyenne sont complètement passés à côté de la tonalité de la lettre de Montesquieu.

L'enseignant inscrit un second mot sous le premier : PRÉTÉRITION.

– Quelqu'un ?

Cette fois-ci, Sonia sèche. M. Brodin scrute les visages dubitatifs, s'attarde quelques instants sur elle.

– Quentin, ne fais pas cette tête, dit-il. Ce n'est pas un drame de ne pas savoir.

– Si c'est pas si grave, vous pouvez peut-être m'ajouter des points, non ?

Des sourires naissent çà et là. M. Brodin réplique, très sérieux :

– Arrêtez de vous focaliser sur les notes. Vous l'aurez probablement tous, votre bac. Au pire, certains redoubleront, et ce sera pour l'année suivante.

– Quel optimisme, murmure Sonia.

– Vous avez dit..., mademoiselle Pradier ?

Celle-ci se sent rougir d'être interpellée par l'enseignant. Elle rassemble son courage et déclare :

– Vous êtes bien le seul à affirmer que les notes ne sont pas importantes. Quentin a raison, vous feriez mieux de mettre la moyenne à tout le monde, dans ce cas.

Des murmures d'approbation s'élèvent. M. Brodin continue :

– Est-il nécessaire que je vous dise que j'aimerais ne pas avoir à noter les copies ? Prétérition.

– Hein ? s'étonne Quentin.

– Je viens de faire une prétérition. C'est-à-dire que je m'interroge sur la nécessité de dire quelque chose, mais que je le dis quand même.

La correction du commentaire composé arrive. Comme d'habitude, M. Brodin fait son show, les provoque, les abreuve d'anecdotes amusantes.

À la fin du cours, Quentin reste planté devant Sonia. Il l'attend toujours pour aller en anglais, mais pour la première fois cela la met mal à l'aise. Cette situation ne pourra pas durer éternellement, il va falloir qu'elle clarifie leur relation… Mais pas maintenant. Elle a plus urgent en tête.

– On se retrouve tout à l'heure, lance-t-elle, j'ai un truc à voir avec le prof.

– Ça marche, à tout à l'heure !

Il s'éloigne à contrecœur. La jeune fille inspire profondément pour se donner du courage, prend l'une de ses pochettes cartonnées, puis s'approche du bureau de M. Brodin. Ce dernier est en train de compter ses cigarettes dans son paquet.

– Monsieur, excusez-moi, je peux vous parler deux minutes…

– Bien sûr.

– Je voulais savoir si vous accepteriez de lire une des nouvelles que j'ai écrites.

Le professeur la fixe intensément. Elle décèle dans son regard un respect qui n'était pas présent quelques instants plus tôt.

– Je vois, répond-il. J'accepte, bien sûr, mais je ne suis pas certain que ce soit nécessaire.

Sonia fronce les sourcils.

– J'ai lu ce que vous avez écrit sur la feuille de présentation du début de l'année, explique-t-il. Je me garderai bien de dire qui deviendra quoi dans cette classe, mais j'ai une certitude : vous avez la flamme. Et avoir la flamme signifie que l'on peut briller un jour.

Sonia sent les mots de l'enseignant se poser sur son cœur. Elle lui donne malgré tout la pochette qui contient sa nouvelle, tente de le remercier. Les mots ne franchissent pas ses lèvres.

– N'oubliez jamais que vous pouvez briller, mademoiselle Pradier.

Elle hoche vigoureusement la tête. C'est la première fois qu'un adulte l'encourage à avoir foi en son rêve.

– Merci, monsieur. Merci vraiment.

– Allez, filez, vous allez être en retard.

Sonia quitte la salle et presse le pas dans le hall bondé. Avant de rentrer en cours d'anglais, elle vérifie son iPhone. Trois nouveaux messages.

Papa
Joyeux anniversaire de la part de maman et moi !

Elle sourit, ravie. L'année dernière, elle a attendu une semaine avant d'avouer à ses parents qu'ils avaient oublié son anniversaire. Aucun des deux n'était catastrophé. Selon eux, les rituels n'ont guère d'importance.

Quentin Langlois
Je ne te dirai pas que je te trouve jolie. ☺

Sonia soupire et lève les yeux au ciel tout en grimpant les marches jusqu'à l'étage. Le point de non-retour est atteint.

Matthieu Fossey
Numéro de casier de Ren : 221.
Je l'ai vu y prendre ses affaires hier.
Voilà mon cadeau d'anniv, ma So.

La jeune fille serre son téléphone contre sa poitrine. Cette journée d'anniversaire n'aurait pas pu être meilleure.

LOU

Une règle se confirme au fil du temps,
que j'aurais aimé connaître à l'époque.
Les tendances s'inversent avec les années.
Les populaires deviennent impopulaires.
Les impopulaires deviennent populaires.

Lou pose son sac sur le banc écaillé du vestiaire. Comme chaque mercredi matin, une boule s'est logée dans son ventre à la perspective du cours de sport. À côté d'elle, les filles se déshabillent sans pudeur, exhibent leur corps, passent du déodorant sous leurs aisselles.

– Trop canon, ton ensemble ! s'exclame Farah.

– Je l'ai acheté ce week-end, répond Julie, j'adore !

Elle tourne sur elle-même pour montrer son string affriolant.

– Si Thomas te voyait comme ça, il ne dirait pas non…

Lou retient un soupir excédé, puis retire à son tour ses vêtements le plus rapidement possible. Elle n'a pas envie de montrer ses genoux cagneux, ou encore sa poitrine qu'elle trouve trop plate. En deux temps, trois mouvements, son jogging est enfilé.

– Hey, Lou !

La jeune fille met quelques secondes avant de se retourner. Julie porte à présent un débardeur aussi moulant que décolleté.

– Pourquoi tu mets toujours ta mèche devant tes yeux ? C'est moche.

– C'est clair, confirme Farah, il faut changer de coiffure de temps en temps !

– On ne voit qu'un seul de tes yeux, renchérit Julie, c'est bizarre… Ça fait un peu genre… cyclope.

Des éclats de rire montent. Julie s'esclaffe, très satisfaite de sa blague, tandis que Farah se tient les côtes dans un fou rire apparemment incontrôlable.

– Cy… cyclope… C'est énorme !

Lou retourne à son sac, s'empare de ses baskets d'un geste rageur, puis les lace en tentant de calmer la peine qu'elle sent croître. Au bout de quelques minutes, Julie s'approche d'elle.

– C'était pour se marrer, Lou. Le prends pas mal, hein ?

– Humour, lance Farah, humour !

La jeune fille se compose un sourire crispé, hoche la tête puis file dans le gymnase. Le terrain de badminton est plus accueillant que les vestiaires, c'est dire. M. Châtelain, le professeur de sport, déambule dans son survêtement jaune fluo, lançant des ordres aux élèves en train d'installer les filets.

– Allez, allez, on n'a pas que ça à faire !

Après quelques minutes d'échauffement, Lou entre dans la réserve pour prendre une raquette et un volant.

– On forme les équipes ! clame l'enseignant.

Les terrains sont déjà occupés par plusieurs groupes. Lou se met sur celui du fond. À son grand désarroi, Julie et Farah arrivent juste après elle.

– On peut jouer avec toi ?

Un énorme « NON » voudrait sortir de la bouche de Lou, mais elle se contente de répondre :

– OK.

S'il y a bien quelqu'un de plus paria que Lou dans la classe, c'est Jennifer Paulin. Les autres la surnomment « Transpi », référence à la forte odeur qu'elle dégage. La jeune fille, boudinée dans un ensemble usé, ses lunettes mangeant la moitié de son visage, s'avance timidement jusqu'à elle.

– Ça… ça te dérange si je joue avec toi ?

– Non, pas du tout.

Lou s'en veut de se sentir honteuse de l'avoir comme partenaire. L'impopularité est une maladie contagieuse, et elle a déjà suffisamment de symptômes pour ne pas en rajouter…

– C'est parti ! aboie M. Châtelain.

Julie s'avance jusqu'au filet, place son volant dessus, le lâche. Il tombe sur le sol, la pointe dans la direction de Lou et Jennifer.

– À vous le service.

Face à la tétanie de sa partenaire, Lou engage le match. Après quelques échanges souples, leur équipe marque un premier point.

– Bien joué ! s'exclame Julie.

Lou se passerait bien de ses compliments hypocrites. Sa main empoigne la raquette, l'adrénaline déferle dans ses veines. Voir Jennifer écrasée, honteuse, fait monter en elle une révolte sourde. Elle va battre ces deux dindes. Elle doit battre ces deux dindes.

Nouveau service. Lou court d'un bout à l'autre du terrain. Hélas, le volant s'écrase devant elle avant qu'elle ait eu le temps de le renvoyer. Julie et Farah poussent un cri de joie et se tapent dans les mains.

– Yeah ! On est trop fortes !

– Forcément, avec un seul œil, murmure Julie, c'est plus difficile de voir.

Les deux filles explosent de rire à nouveau.

En début d'après-midi, lorsque Lou rentre chez elle, le cours de sport la poursuit comme une substance noire et gluante, qui va obscurcir son humeur pour plusieurs jours.

Les remarques de Julie et Farah explosent régulièrement dans sa tête. Autant être lucide : Cyclope est son nouveau surnom dans la classe.

La jeune fille monte directement dans sa chambre. Sur son bureau, près de l'ordinateur, sa mère a laissé en évidence la boîte de médicaments. Ce soir, les gélules colorées parviendront peut-être à dissiper son malaise. En attendant, elle se connecte sur le forum de *Trames*.

Yuna

Coucou Tiamat,

Voici la nouvelle pour le fanzine de juillet ! J'espère qu'elle te plaira. ☺ Je l'ai fait relire par mon prof de français, qui a corrigé quelques fautes. Il dit qu'il ne connaît rien à la fantasy, mais que les images sont belles… C'est déjà ça. ☺

À toi de voir comment tu veux l'illustrer.

Bisous.

PS : Tu as Facebook ? Ce serait plus pratique… Je m'appelle Sonia Pradier. Et toi ?

Lou est heureuse de recevoir ce message de sa scénariste. De ce côté, au moins, les choses avancent.

Tiamat

Merci, je regarde ça cet après-midi, j'ai le temps !

Je n'ai pas Facebook, ce n'est pas trop mon truc…

Moi, c'est Lou.

Yuna

Enchantée alors, Lou ;) Très joli prénom !

C'est juste que Facebook permet de suivre les pages de plein d'auteurs et d'illustrateurs professionnels ! En plus, il y a un tchat intégré, ce serait plus simple.

Lou hésite. Après tout, qu'a-t-elle à perdre ? Rien ne l'oblige à accepter des gens de sa classe. Elle crée donc son profil, en guise de photo met l'un de ses dessins, puis ajoute Sonia. Au bout de quelques minutes, la requête est acceptée. Une fenêtre de tchat instantané s'ouvre.

Sonia Pradier

Ah ben voilà, c'est beaucoup plus pratique. ☺

Lou Hauet

C'est vrai !

Sonia Pradier

Tu vas bien ?

Face à cette question si simple, si anodine, Lou sent les larmes lui piquer les yeux.

Cyclope.

Elle tripote machinalement sa mèche de cheveux et répond :

Lou Hauet

Très bien et toi ?

Sonia Pradier

On lance la conversation vidéo ?

Une bouffée de stress monte en Lou.

Lou Hauet

Pour quoi faire ?

Sonia Pradier

Pour se voir ! On est des partenaires, non ? ;)

Un bruit retentit depuis la page Facebook, et une icône de vidéo jaillit sur l'écran.

Connexion en cours avec Sonia Pradier.

Lou respire un grand coup. Après tout, qu'a-t-elle à craindre ? Elle verra Sonia tôt ou tard à Japan Expo. Elle clique sur « Accepter ».

Une fenêtre pixélisée s'ouvre sur la droite. Le visage rayonnant de Sonia apparaît. Les paupières nacrées, des cils longs et courbés, des barrettes dans les cheveux… Si elle était dans sa classe, sans doute ferait-elle partie de la bande de Julie.

– Waouh, j'adore tes taches de rousseur ! lance aussitôt une voix douce.

Lou n'ose pas regarder la fenêtre qui renvoie sa propre image et se concentre sur celle de Sonia.

– Ah bon ? fait-elle.

– Mais oui, c'est super mignon ! J'adorerais en avoir comme toi !

La jeune fille pince les lèvres, sentant la tristesse revenir au galop. Ce cours de sport l'a encore plus bouleversée qu'elle ne le soupçonnait.

– Ça va ? s'assure Sonia.

– Je… Désolée…

À sa grande surprise, Lou fond en larmes devant la diode de la webcam. Sa correspondante ne dit rien, tout en délicatesse et en subtilité. Lorsque les sanglots s'apaisent, Lou ose affronter de nouveau l'écran.

– C'est juste que je déteste le lycée, explique-t-elle. Je n'en parle jamais à personne, ça me pèse…

– Qu'est-ce qui se passe mal, au lycée ? demande Sonia.

– Je n'ai… pas vraiment d'amis, je crois.

Lou et Sonia se dévisagent intensément, chacune d'un côté de l'écran. La petite blonde fronce les sourcils puis répond, très sérieuse :

– Ne dis pas n'importe quoi. Tu m'as, moi, maintenant.

DÉCEMBRE

SONIA

Tu sais, Lou, ça fait dix ans qu'on se connaît à présent.
Tu peux me dire quel vœu tu avais fait, ce jour-là ?

– Tu es sûre que tu veux mettre cette robe ? L'orange, ce n'est vraiment pas ta couleur. Ça te donne mauvaise mine.

Assise dans le canapé du salon, Sonia lutte pour réprimer sa vexation. Elle termine de se maquiller devant le feu de cheminée, puis bataille au passage contre les poils de chats sur son gilet. Olympe, l'une des persanes, vient d'avoir une portée. Deux de ses chatons jouent à faire rouler un tube de mascara sur la table basse.

– Je l'aime bien, moi, cette robe, répond-elle.

– Il faudrait faire quelque chose pour ta peau pâle, ajoute sa mère. Mets-toi plus au soleil.

Quoi qu'elle fasse, quoi qu'elle porte, sa mère trouvera toujours une réflexion à faire sur son physique.

Sonia désigne la fenêtre donnant une vue imprenable sur le ciel gris chargé de nuages.

– Ça va être difficile de bronzer, là. Et puis la Normandie n'est pas réputée pour son climat tropical.

– Mais tu es tout le temps enfermée !

– Oui, parce que j'écris.

– C'est mauvais de rester trop longtemps sur l'ordinateur.

Sonia préfère ne pas répondre. Elle ne peut s'empêcher de penser à Peter, au fait qu'elle possède désormais son numéro de casier, mais qu'elle n'a encore rien osé faire. La nouvelle année approche, et avec elle un ballet de possibles.

Résolution : passer à l'action.

– C'est pas vrai ! Mais pourquoi on s'y prend toujours à la dernière minute, dans cette famille ?

Cette phrase, Sonia doit l'entendre dans la bouche de son père une fois par semaine, et ce n'est pas pour autant que les choses changent. Une odeur de brûlé monte depuis la cuisine, signe que le repas de midi est fortement compromis.

– Je t'avais dit de t'en occuper hier, s'énerve sa mère.

– Tu n'avais qu'à le faire, toi !

– Ah non ! proteste Sonia. Personne ne veut mourir d'une intoxication alimentaire !

Au regard incendiaire que lui jette sa mère à cet instant, la plaisanterie ne passe pas.

C'est pourtant une réalité : alors que son père est passionné de cuisine, sa mère doit préparer un repas une fois par an. Des pâtes trop cuites et gluantes.

– Et voilà ! La dinde est foutue ! clame son père.

– Mais non, relativise sa mère, elle est juste un peu cuite…

– Non, ça ne sera pas *parfait*, et tu peux être sûre que ton père me le fera sentir !

À l'évocation de son grand-père, Sonia consulte aussitôt l'heure : onze heures douze.

– Vous avez dit quelle heure à papi ? demande-t-elle, nerveuse.

– Midi trente, répond sa mère.

– Il ne devrait pas tarder alors.

Le grand-père de Sonia a une notion très personnelle de la ponctualité. Il arrive en général une heure en avance sur l'horaire annoncé. C'est ainsi qu'au Noël dernier, il avait toqué à la porte alors que tous étaient en train de faire le ménage en pyjama. Un incident diplomatique que plus aucun membre de la famille ne souhaite revivre.

Des tintements de vaisselle retentissent, puis son père entre dans le salon, une spatule à la main.

– Je crois que je vais pouvoir rattraper le coup, ah ah !

Sonia regarde pensivement autour d'elle. L'âtre de la cheminée où crépite un feu, l'écran plat de la télévision, l'immense arbre à chat où dorment trois persans.

Soudain, elle s'exclame :

– Mais attendez, on n'a pas de sapin de Noël !

Sa mère, qui s'apprêtait à toiletter ses chers félins, suspend son geste.

– C'est vrai ça. Bon, en même temps, avec les chats, ce n'est pas pratique. Ils jouent avec les boules accrochées aux branches, font tomber les décorations…

En prononçant ces mots, elle s'empare des chatons pour les gratifier de baisers bruyants.

– Mais on ne va pas se priver de sapin à cause des chats ! s'étrangle sa fille

– Vous n'avez plus cinq ans, vous ne croyez plus au père Noël… Et de toute façon, plus personne ne fait des cadeaux depuis une éternité. Des enveloppes avec de l'argent, c'est plus simple.

– Mais le sapin ! poursuit Sonia, horrifiée. C'est un symbole des fêtes !

Sa mère hausse les épaules, peu offensée par l'absence de l'arbre sacré. Elle se met à caresser Olympe, la persane imperturbable qui scrute Sonia de son regard d'or rendu impérieux par son nez écrasé.

On frappe énergiquement à la porte. Sans surprise, c'est le grand-père maternel qui porte une casquette rayée sur son front dégarni.

– Papa ! Tu es en avance, dis donc.

– Ah bon ? Je n'ai pas fait attention, je voulais surtout ne pas être en retard…

Sonia lève discrètement les yeux au ciel, puis vient le saluer. Quatre bises, comme d'habitude. Évidemment, le premier réflexe du grand-père est de repérer et compter le nombre de félins présents dans la pièce.

– Mais c'est un zoo ici ! s'exclame-t-il. Il y en a le double de l'année dernière ! Et des petits en plus !

– Ah, oui, Olympe a eu des chatons, ils partent dans un mois. Entre, entre.

Le doyen est atteint d'une phobie des chats, phobie qui remonte selon la légende à un traumatisme d'enfance impliquant un chat sauvage et une morsure. Il tente de dissimuler sa peur sous un mépris affiché pour la passion animalière de sa fille. Durant une heure, il fait le tour du propriétaire en commentant ce qui a besoin d'être réparé en prenant bien soin d'esquiver les êtres à poils perchés un peu partout.

Bientôt, les derniers invités arrivent à leur tour, Cécile, la sœur de sa mère, et Antonin, son époux, suivis de leurs enfants, Alexandra et Tristan. Après les embrassades et les politesses de rigueur, tout le monde se retrouve autour de la table de la salle à manger. Alors que le repas est bien entamé, le grand-père s'étonne :

– Tiens, mais où est le sapin ?

Sonia lance à sa mère un regard « Je te l'avais dit », celle-ci se crispe aussitôt.

– On n'a pas eu le temps cette année, papa. Ce n'est pas très grave, non ?

Il ricane.

– Le traditionnel déjeuner de Noël sans sapin, qui plus est un 23 décembre, c'est original, non ?

Un long silence s'installe, seulement perturbé par le tintement des couverts.

– C'était plus simple, défend la mère.

– Et puis pour nous, c'est plus pratique, renchérit Cécile. Pas d'embouteillages ce soir pour rentrer à Paris. Non, vraiment, c'est une très bonne idée.

Le vieil homme marmonne quelques paroles inaudibles, puis se ressert copieusement du foie gras. Chaque année, c'est le même scénario. Les discussions sont parasitées par la tension entre la mère et le grand-père. À croire qu'en sa présence, sa mère redevient l'adolescente qu'elle était.

– Et sinon, fait Sonia pour changer de sujet, comment ça va, Alexandra ?

Sa cousine âgée de dix-neuf ans s'est mise sur son trente et un : chignon impeccable, rouge à lèvres très foncé, robe bustier.

– La prépa maths sup se passe bien, déclare-t-elle en souriant.

– Elle est major de sa promo, ajoute fièrement Cécile.

– Formidable ! s'extasie le grand-père. Enfin une scientifique dans cette famille, c'est rassurant.

Sonia plonge son nez dans son verre pour dissimuler son rictus d'énervement.

– Et toi, Tristan ? ajoute-t-elle.

À quinze ans, il est l'opposé de sa sœur : tee-shirt Marilyn Manson, cheveux gras et filasses, œil taciturne.

– C'est un peu plus difficile, fait Cécile avec prudence.

– En quelle classe es-tu, maintenant ? s'enquiert le grand-père.

– Seconde, réplique-t-il.

– Et les notes sont bonnes ?

– Non. Il paraît qu'il faut me réorienter.

À cette allusion, l'oncle et la tante semblent particulièrement gênés. Alexandra a une moue qui en dit long sur ce qu'elle pense de tout cela. Son frère capte sa mimique et s'énerve aussitôt :

– Quoi ? Qu'est-ce qu'il y a ?

– Si tu bossais un peu plus aussi…

– Putain ! J'ai pas envie de faire un bac général, j'ai pas envie !

– Calmez-vous, les interrompt Cécile. Pas de ça maintenant !

S'ensuit une brève conversation télépathique entre les parents et les enfants, à renfort de sourcils froncés et de regards menaçants.

– Et Sonia ? questionne le grand-père en s'adressant à sa mère.

– Ça se passe bien, répond-elle. Enfin, je crois. So, ma puce, tu as de bonnes notes, non ?

– Oui maman, sourit celle-ci.

– Et qu'est-ce que tu vas faire après ton bac littéraire ? poursuit le grand-père.

D'un coup, tous les projecteurs sont braqués sur elle. En fait, les repas de Noël sont encore pires que les rendez-vous chez la conseillère d'orientation. Sonia prend une profonde inspiration et répond sincèrement :

– Je voudrais devenir écrivain.

Son oncle et sa tante lui sourient, elle n'arrive pas à savoir s'ils l'encouragent ou la considèrent avec condescendance, peut-être les deux. Son grand-père mâchonne mollement un toast. Et soudain, sa mère intervient.

– Je crois que ce que papi te demande, c'est : qu'est-ce que tu veux faire comme *métier* ?

Elle reçoit la phrase comme un coup en plein cœur, et ne trouve pas la force de répondre. À sa grande surprise, son grand-père, ingénieur à la retraite qui ne jure que par les mathématiques, intervient :

– Encore une artiste. Que veux-tu ? Les chiens ne font pas des chats.

– Qu'est-ce que tu veux dire ? questionne Sonia.

– Tu demanderas à ta mère.

En prononçant ces mots, le grand-père regarde sa fille droit dans les yeux. Pour la première fois, Sonia voit le visage de sa mère se durcir comme de la pierre.

– Élever des chats, rétorque Sonia, ce n'est pas très artistique, non ?

– C'est bien d'avoir des rêves, poursuit son grand-père, mais il faut garder à l'esprit que même avec des facilités, on n'arrive à rien sans labeur. La posture de l'artiste, c'est très esthétique, mais les gens qui réussissent à aller au bout de leur passion sont des travailleurs acharnés.

– Je sais, papi, j'écris presque tous les jours, j'ai bientôt terminé le premier tome de ma trilogie.

– Bon, qui reprend de la dinde ? lance sa mère.

Sonia choisit cet instant pour s'enfermer dans sa bulle intérieure, laisser divaguer son imagination. Les discussions familiales ne deviennent plus qu'un fond sonore. Elle garde en mémoire la phrase de M. Brodin : *N'oubliez jamais que vous pouvez briller, mademoiselle Pradier.*

C'est son talisman.

LOU

Mon voeu était :
" Je souhaite que Sonia et moi
puissions un jour vivre de nos passions. "

– Non, j'ai dit à droite, les anges bleus. Voilà, comme ça. C'est beaucoup plus joli, ça fait un rappel avec les étoiles.

Jean s'affaire entre le tas de cartons débordant de boules et de guirlandes. Lou observe avec compassion son petit frère de corvée de décorations de Noël. L'année dernière, c'est leur père qui s'en était occupé. L'espace d'un instant, elle le revoit au même endroit en train d'installer le grand sapin dans l'angle du salon. Puis l'image fantomatique s'évanouit.

La sonnerie de l'entrée retentit, tirant Lou de ses pensées. Une escarbille d'espoir jaillit de nulle part. Et si c'était lui ?

– J'y vais ! lance-t-elle.

La jeune fille se hisse sur la pointe des pieds pour regarder par le judas. Comme il fallait s'en douter, ce n'est pas son père, mais sa grand-mère. Elle déverrouille la porte et ouvre en grand.

– Bon sang, il fait un de ces froids dehors…

Sans plus de cérémonie, elle ôte son manteau de fourrure et le laisse tomber entre les bras de Lou. Après avoir passé ses doigts bardés de bagues dans sa courte chevelure teinte, elle pose un baiser sur la joue de sa petite-fille.

– Qu'est-ce que tu as grandi ! Marie-Anne, c'est moi ou Lou a encore grandi ?

– C'est possible, je ne m'en rends pas compte, je la vois tous les jours.

Les deux femmes se font la bise avant de passer dans le salon. La grand-mère de Lou dépose plusieurs sacs sous le sapin, puis serre son petit-fils dans ses bras. Le téléphone fixe sonne, et la jeune fille s'empresse de répondre.

– Oui allô ?

– Lou, c'est toi ? Joyeux Noël !

Entendre cette voix chaude et familière lui obstrue brusquement la gorge. Sa mère l'interroge du regard, mais Lou se détourne et presse le combiné contre son oreille.

– Joyeux Noël à toi aussi, papa.

– Tout va bien ?

– Tout va bien, répond-elle sans conviction.

Long silence à l'autre bout du fil, que Lou n'a pas envie de meubler.

– Bon, fait-il, tant mieux. Je voulais te dire… J'aurais vraiment voulu être là aujourd'hui, mais ta mère n'a pas voulu.

– D'accord.

– C'est très dur pour moi de ne pas être avec vous en ce jour spécial, j'espère que tu le comprends.

– Oui.

– J'avais envie qu'on passe un Noël normal.

Une brusque indignation monte en Lou.

– Tu aurais voulu qu'on fasse semblant.

– Faire semblant ?

– Bon, faire comme si tout était comme avant, mais je crois que plus rien n'est comme avant, non ?

La mère de Lou lui prend le téléphone des mains, ce qu'elle accepte sans rechigner.

– Qu'est-ce que tu racontes à ta fille ? demande-t-elle aussitôt avec agressivité.

Sa mère gravit les escaliers d'un pas rageur et quelques éclats de voix étouffés filtrent depuis l'étage. La grand-mère de Lou pousse un soupir interminable, puis frappe dans ses mains.

– Allez, laissons les adultes régler leurs histoires, et passons à table !

Lou et son frère sortent les plateaux du frigo, puis disposent les entrées sur la table dressée pour les fêtes :

argenterie, assiettes ornées de dorures, paillettes sur la nappe. La présence de leur grand-mère aujourd'hui est assez perturbante, comme si on lui avait demandé d'occuper la chaise désormais vide, de remplacer le père absent.

Après quelques minutes, la mère de Lou revient, le regard embué. Elle vérifie la cuisson du chapon, puis s'installe à la table. On sert le saumon sauvage, les blinis, le foie gras, les crustacés. Sa mère a vu trop grand, comme pour compenser. Après avoir englouti l'entrée, Lou n'a déjà plus faim.

– Il voulait quoi, papa ? demande Jean.

Sa mère se tend soudain. La grand-mère prend la parole, morose :

– Il verra, quand la cagole de la moitié de son âge le lâchera parce qu'il vieillit…

– Maman ! Il y a les enfants !

– Quoi, les enfants ? s'enflamme la vieille femme. Ils doivent savoir que je t'ai toujours mise en garde.

Elle se penche vers Lou et lui confie :

– J'avais bien senti que c'était un coureur. C'est la première chose que j'ai dite à ta mère, quand je l'ai rencontré. C'était à Noël, d'ailleurs. Alors un conseil, ma beauté, écoute toujours les intuitions de ta maman, nous avons un sixième sens.

La jeune fille grince des dents et répond, gênée :

– Mais si maman t'avait écoutée, alors Jean et moi ne serions pas là, n'est-ce pas ?

Sa grand-mère ouvre la bouche en grand, déboussolée, puis s'éclaircit la gorge.

– Allons mon trésor, ce n'est pas ce que je voulais dire. Ton frère et toi êtes si importants, je…

– Est-ce qu'on pourrait parler d'autre chose que de Philippe ? clame la mère de Lou. Jean, raconte un peu ce que tu fais à l'école en ce moment…

Lou repousse sur le bord de son assiette les restes de saumon qu'elle n'a pas pu terminer. Depuis le divorce, leur grand-mère n'est jamais loin, elle rôde en attendant l'occasion de valoriser ses prédictions sur le mariage de ses parents. Comme si l'enjeu était d'avoir eu raison…

Étrangement, le dîner de Noël passe beaucoup plus rapidement qu'elle ne l'aurait imaginé. À vingt-trois heures, la bûche est terminée, et vient enfin le moment d'ouvrir les cadeaux. Lou a passé une semaine infernale à chercher quoi offrir. C'est le grand truc de sa mère : lui donner de l'argent pour qu'elle lui fasse aussi un cadeau. Lou a opté pour un assortiment de gels douche et de crèmes. Classique, mais elle n'avait pas d'autre idée.

– Allez, on ouvre ? s'impatiente Jean.

En deux temps, trois mouvements, Lou et son frère agenouillés sous le sapin déchirent avec entrain les papiers brillants. La jeune fille découvre une édition reliée de *Manon des sources*, de Marcel Pagnol.

– Alors, ça te plaît ? s'enquiert sa grand-mère.

Lou dégaine son sourire le plus faux, bien trop grand pour être crédible, mais peu importe.

– Je… Oui, je ne connais pas. Ce sera l'occasion de le découvrir.

Cadeau suivant, de la part de sa mère, une palette de maquillage. Lou observe l'objet avec curiosité, ne sachant trop quel message se trouve derrière.

– Tu es en âge où l'on devient coquette, explique sa mère.

Elle l'embrasse pour la remercier, mais ignore ce qu'elle va faire de cet attirail. Elle ne sait pas comment s'en servir et, pire, se voit mal arriver maquillée au lycée. Rien que d'imaginer les regards braqués sur elle, analysant le moindre changement, le feu lui monte aux joues.

– Et le sac au fond, ajoute-t-elle, c'est de la part de ton père.

Lou abandonne la palette au profit d'un lourd paquet parcouru de nœuds entortillés. Entre les couches de papier de soie froissé se trouvent des pochettes emplies de feuilles de qualité, aux textures et aux grammages variés. À côté, une boîte contenant une cinquantaine de feutres professionnels de toutes les couleurs et de tous les diamètres. Cette fois, elle n'a pas besoin de forcer les muscles de son visage : elle rayonne.

– Waouh ! s'exclame-t-elle. C'est exactement ce qui me manquait ! Je vais pouvoir m'entraîner pour les Gobelins !

Sa mère et sa grand-mère échangent un regard furtif, mais Lou ne s'en préoccupe pas. Tandis que le thé est servi, elle envoie un SMS à Sonia :

Lou Hauet
Tu ne devineras jamais ce que j'ai eu à Noël…
De quoi devenir une illustratrice professionnelle !
Le fanzine n'a qu'à bien se tenir !

Sonia Pradier
C'est gééééénial. ☺ Hâte de découvrir ça.
Très joyeuses fêtes, chère Lou.
Fais un vœu !

Lou Hauet
C'est fait. À ton tour.

Sonia Pradier
C'est fait ! ☺
Alors, c'est quoi, ton vœu ?

Lou Hauet
Ah non ! Il ne faut pas le dire,
sinon il ne se réalise pas. ☺

JANVIER

SONIA

Mon problème, Lou, c'est que j'aime aimer.
Que je tombe amoureuse de l'idée de l'amour
plutôt que du garçon.

Les vacances de Noël ont passé à la vitesse d'une étoile filante, et Sonia a l'impression de n'avoir fait que manger et abattre la montagne de devoirs donnés par les professeurs. Les dates de rendu lui ont paru lointaines au moment où elle les a notées dans son agenda, mais l'approche imminente de la rentrée lui a fait l'effet d'un électrochoc. En deux jours, elle a achevé une dissertation de français, une rédaction d'allemand et un projet d'art.

Seul souvenir marquant, le nouvel an. Elle l'a passé à une soirée organisée par Quentin, où elle a emmené Matthieu. Les deux amis d'enfance ont dansé jusqu'à épuisement et ont fini par s'endormir l'un contre l'autre dans un duvet, à la grande déception de Quentin.

Le premier soir de cette reprise au lycée, Matthieu et Sonia dînent comme d'habitude au réfectoire, retranchés derrière leur humeur rendue maussade par l'hiver. Le jeune homme est le premier à briser le silence.

– Je crois qu'il faut que je me prépare à l'idée de le dire à ma famille.

Sonia écarquille les yeux puis, après une courte réflexion, opine du chef.

– Ça ne peut plus durer, explique son ami. Pendant tout le repas de Noël, j'ai eu droit à l'atroce question : « Et sinon, Matthieu, tu as une petite amie ? » J'ai été lâche, j'ai fait le mystérieux. J'aurais dû en profiter pour dire : « Eh bien non, car en fait, mon truc, c'est plutôt les petits amis, sans *e*… »

– Dis-le peut-être avant à tes parents, suggère Sonia. Tu n'es pas obligé de l'annoncer officiellement à toute la famille, ça dramatise le truc, alors qu'au fond, est-ce que c'est si important ?

Matthieu hausse les épaules.

– Je n'en sais rien, je suis leur seul fils. Ma mère rêve d'être grand-mère un jour, elle n'imagine pas que je n'aie pas d'enfants.

– Ben tu en adopteras, sourit Sonia.

– Mes parents sont à côté de la plaque. Ils sont convaincus que toi et moi, on va finir par se marier. Je suis sûr qu'ils ont déjà prévu le plan de table…

Tous deux éclatent de rire, puis Matthieu redevient brusquement sérieux.

– So, quand est-ce que tu vas enfin utiliser mon cadeau d'anniversaire ?

La jeune fille baisse les paupières, honteuse de n'avoir toujours pas trouvé le courage de passer à l'action.

– C'est juste que… j'ai peur.

– Peur de mettre un mot dans un casier ? s'étonne Matthieu. Franchement, tu ne risques pas grand-chose.

– Et si Ren ne répondait pas ?

– Eh bien tu seras fixée.

Sonia sait que son ami a raison. L'attente insoutenable a assez duré. Elle passe les heures de cours à imaginer tous les scénarios possibles entre le jeune homme et elle, alors qu'il n'y a absolument aucune communication entre eux.

– Je le ferai la semaine prochaine, dit-elle.

– Non, pas la semaine prochaine. Maintenant.

Sonia n'a pas le temps de terminer son yaourt que Matthieu la saisit par le bras et l'entraîne à sa suite. Ils quittent le réfectoire pour retourner dans le hall d'entrée désert, cerné par les grandes baies vitrées rendues opaques par la nuit au-dehors.

Tous deux marchent vers le pan de casiers le plus à gauche, près des marches menant aux « salles pourries ».

Le casier 221 se trouve là, pile à la hauteur des yeux de Sonia, fermé par un cadenas noir auquel pend un porte-clefs en forme de partition.

– Maintenant, fais ce que tu dois faire, déclare Matthieu.

Résignée, Sonia pose son sac au sol, puis déchire un morceau de papier dans son cahier d'anglais. Elle s'assoit en tailleur sur le carrelage froid, rédige :

Tu ne sais pas qui je suis, mais je sais qui tu es.
Si tu as envie d'en savoir plus sur moi,
réponds-moi dans le casier 503.

Le casier 503 est parfait, juste à côté de l'internat, un casier vide très en hauteur. Elle plie le message et le glisse dans le casier de Peter. Lorsqu'il ouvrira, le papier tombera, il ne pourra pas le rater. Du moins l'espère-t-elle.

Elle prend une profonde inspiration et sent une gangue d'angoisse se refermer sur son cœur.

– Voilà, c'est fait, murmure Matthieu. Ce n'était pas si difficile.

La jeune fille offre un pâle sourire à son ami, déjà rongée par l'impatience. En remontant à l'internat, son premier réflexe est de se connecter sur Facebook. Pour son plus grand bonheur, elle trouve les derniers croquis de Lou.

Sonia Pradier
Génial, c'est super beau ! Par contre, tu ne trouves pas que la posture du personnage ressemble un peu trop à la précédente ?

Lou Hauet
Ah si, tu as raison, je vais la dynamiser. ☺ Ça va sinon ?

Sonia Pradier
Tentative : mettre du romanesque dans ma vie.
Étape 1 enclenchée.

Si Sonia n'a aucune prédisposition pour le dessin, elle a beaucoup apprécié les cours d'histoire de l'art en seconde, ce qui l'a poussée à prendre cette option en première. M. Nasser, leur professeur d'arts plastiques, un homme d'une quarantaine d'années, les cheveux longs tirés en queue de cheval, adore leur parler de sa vie d'avant prof. Il a eu sa fille très jeune, alors qu'il était encore étudiant, détail qu'il aime rappeler à chaque cours, en énumérant tous les jobs pénibles qu'il a dû faire pour s'en sortir.

– N'oubliez pas ! s'exclame-t-il en écartant les bras d'un geste théâtral. Je veux du mouvement ! Je veux de la lumière ! Je veux de la VIE !

La salle d'arts plastiques, tout en longueur, comporte de larges tables blanches entourées de tabourets hauts. Sonia regarde solennellement l'immense feuille de papier Canson qui s'étend devant elle. Aucun doute, elle préfère la partie théorique à la pratique.

– Qu'est-ce que tu vas faire ? lui demande Quentin.

– Je n'en sais rien. *Corps et cubisme*, ça m'inspire moyennement comme thème.

Sonia commence à griffonner et se dit que c'est le moment rêvé pour faire comprendre à Quentin que ses tentatives ne mèneront nulle part.

– Je crois que j'ai rencontré quelqu'un, lance-t-elle d'un coup.

Le jeune homme lui lance un regard en biais, manifestement étonné.

– Ah bon ? Quand ça ?

– Il n'y a encore rien de sûr. J'en saurai peut-être plus ce soir. Ça fait des mois que j'attends cet instant.

– Ah. C'est cool.

Le ton de Quentin dément ses propos. Sonia respire néanmoins un peu mieux : c'était aussi peu courageux que Matthieu face à ses parents à Noël, mais au moins le message est passé. Elle consulte son portable dans sa trousse. Plus qu'une demi-heure avant la fin de la journée. Dès que les externes auront quitté l'établissement, elle pourra se précipiter jusqu'au casier 503.

– Sonia, qu'est-ce que tu nous dessines là ? demande M. Nasser.

– Je… Euh… Un corps, répond-elle.

– Ça manque de volume, tout ça.

Il s'empare de son crayon et ajoute des ombres au croquis.

– Tu vois, c'est plus vivant.

Il se penche sur elle, puis prend un ton de confidence :

– Tout va bien en ce moment ?

– Euh, oui, oui, pourquoi ?

– Tu sembles un peu ailleurs. Tu sais, si tu as besoin de parler…

Sonia lui décroche son sourire le plus lumineux.

– Vraiment, tout va bien, je vous assure.

– Tant mieux. N'oublie pas, canalise ton énergie. La vie peut être rude, donner des coups, mais il faut les lui rendre.

M. Nasser s'éloigne pour voler au secours d'un autre élève. Quentin tapote l'épaule de sa voisine, puis lui chuchote :

– Il se prend pour un psy, ou quoi ?

Sonia sourit. C'est exactement ce à quoi elle pensait.

Oui, Quentin et elle ont de nombreux points communs, et elle est très contente de partager ces moments avec lui en cours. Le problème, c'est qu'il n'éveille en elle aucun sentiment particulier. Il est dans la friend zone, voilà tout.

Quelques coups de crayon plus tard, la sonnerie retentit. Sonia range ses affaires en un temps record, salue les autres élèves, puis quitte la salle d'arts en courant. Inutile de se précipiter, il faut attendre que le lycée soit vide pour vérifier le casier, mais elle ne peut s'en empêcher. Elle s'assied sur un banc près d'un distributeur de boissons et observe le flux de lycéens quitter le hall.

Bientôt, Matthieu s'installe à côté d'elle. Ils n'ont pas besoin de se parler. Sentant l'angoisse de son amie, le jeune homme lui prend délicatement la main. Cette simple pression envoie un message d'espoir à Sonia.

Soudain, des ricanements sourds s'élèvent.

– Hey, finalement, t'as changé de bord, Fossey ?

Yann Masson, une armoire à glace au visage dévoré par l'acné, passe en compagnie de ses deux acolytes qui font moitié moins que sa taille.

– Dis-moi, blondinette, insiste Yann, c'est ton meilleur copain ou ta meilleure copine ?

Matthieu ôte sa main de celle de Sonia et fait semblant de regarder ailleurs.

– Tu es assez attardé pour ne pas reconnaître un homme d'une femme ? demande Sonia d'une voix tendue.

– Et c'est une fille qui prend sa défense, en plus ! s'exclame l'un des garçons.

Sonia s'apprête à se lever, quand l'un des surveillants intervient.

– Qu'est-ce qui se passe, ici ? demande-t-il avec sévérité.

– L'homophobie n'est pas punie au lycée ? clame Sonia, hors d'elle.

Yann arque un sourcil.

– Homophobie ? Mais on n'est pas homophobiques, nous !

– On dit homophobes, reprend la jeune fille. Et si, les blagues insultantes sur la sexualité des gens, ça porte ce nom.

– Non mais l'autre ! Si on peut même plus rire ! Ça va, hein !

Le surveillant observe tour à tour Sonia et Yann, ne sachant qui a raison et qui a tort, puis esquisse un vague geste du bras.

– Allez, Masson, c'est la fin des cours, tu n'es pas interne, à ce que je sache.

Le trio s'éloigne en riant aux éclats. Sonia fusille le surveillant du regard.

– Et vous ne le punissez pas ? Il harcèle mon ami depuis l'année dernière !

Matthieu tire doucement la manche de Sonia pour lui faire signe de se taire, mais elle n'en démord pas. Le surveillant soupire.

– J'ai déjà collé Yann deux fois la semaine dernière, je ne peux pas faire tomber une sanction dès qu'il ouvre la bouche, il passerait sa vie en retenue… Allez, c'est l'heure de l'étude.

Sonia croise les bras. Son cœur bat à grands coups désordonnés, ses joues sont chauffées par la colère. Elle aurait voulu sauter à la gorge de ce grand abruti.

– Tu ne peux pas te laisser faire comme ça, murmure-t-elle.

– M'énerver ne ferait que leur donner du plaisir, répond Matthieu. Viens, allons voir si tu as eu une réponse.

La perspective d'entrer en contact avec Peter calme un peu Sonia. Elle emboîte le pas à son ami, et tous deux arrivent sous le casier 503. Si Sonia est trop petite pour l'atteindre, Matthieu l'ouvre du bout du bras puis tâtonne à l'intérieur.

– Alors ? s'impatiente-t-elle.

– Rien.

Elle baisse la tête, déçue.

– Je déconne.

Il lui tend un morceau de papier qu'elle s'empresse de déplier.

Voici un message bien énigmatique !
Puis-je avoir un indice ? On se connaît ?

Sonia lit et relit ces deux lignes, contemple l'écriture penchée et mal appliquée, puis serre le message sur son cœur.

Peter, alias Ren, lui a répondu.

Un pont vient de se jeter entre eux.

Elle ouvre son sac, prend une nouvelle feuille, puis écrit :

Non, nous ne nous sommes jamais parlé.
Peut-être vois-tu qui je suis, peut-être pas.
Ça va paraître étrange, mais en te croisant dans les couloirs
j'ai eu envie de te connaître davantage.
Étant aussi une littéraire, j'ai opté pour l'épistolaire...
Un indice : je suis une fille.

Matthieu lit par-dessus son épaule et laisse échapper une exclamation taquine.

– Avec ça, il va vraiment te prendre pour une folle !

– Je m'en fiche, fait Sonia, perchée sur son nuage.

Elle glisse le message dans le casier de Peter.

LOU

Et moi Sonia, j'avais tellement de mal
à m'accepter à l'époque
que cela me paraissait impossible
de tomber amoureuse de quelqu'un.
Mais quand j'y repense,
je crois que j'aimais vraiment Eru.

Lou piétine au milieu de la longue file d'attente. Comme chaque année à cette période, Angoulême s'est coloré et vit au rythme du Festival International de la Bande Dessinée. Après avoir affronté les rues grouillantes de monde, elle est entrée dans l'un des chapiteaux.

Elle consulte son portable avec appréhension : midi, déjà. Sa mère veut qu'elle soit rentrée pour l'heure du déjeuner afin qu'elle fasse ensuite ses devoirs. En contrepartie de cette consigne déprimante, elle a eu droit à un billet afin de compléter son argent de poche pour ses achats.

La lanière de son sac scie l'épaule de Lou et pour cause : il est rempli de bandes dessinées. L'intégralité de la série *Sky-Doll* d'Alessandro Barbucci et Barbara Canepa, le dernier tome du manga *Dreamland* de Reno Lemaire, *Tu mourras moins bête* de Marion Montaigne, et le dernier tome des *Notes* de Boulet.

Elle patiente désormais pour obtenir une dédicace de ce dernier, son illustrateur favori. Les strips pleins d'humour qu'il met en ligne sur son blog lui ont été d'un grand secours les jours sombres. C'est la première fois qu'elle ose l'approcher en dédicace. Enfin, approcher… Pour le moment, elle ne voit que des cheveux roux indisciplinés, pas même un visage, étant donné que la dizaine de personnes devant elle lui bouche la vue. Alors elle attend, comme tout le monde. Et elle se demande si, un jour, on attendra aussi pour elle. Si elle passera de l'autre côté de la table.

Enfin, c'est son tour. L'homme d'une quarantaine d'années, qui a dû profiter de l'ambiance nocturne de la ville à en juger par ses cernes, lève le visage sur elle.

– Bonjour, dit-il de sa voix grave.

– Bonjour.

Intimidée, Lou lui tend son ouvrage. Boulet boit une gorgée de café, très à l'aise, puis ouvre l'exemplaire et demande avec sollicitude :

– C'est à quel nom ?

– Lou.

Il suspend son crayon au-dessus de la feuille.

– Lou, c'est un bien joli prénom. Comme dans la série de Julien Neel.

– Oh, je ne l'ai pas lue, répond-elle, gênée.

– Sérieusement ? Tu devrais, c'est une excellente bande dessinée. Qu'est-ce qui te ferait plaisir, comme dédicace ?

– J'aimerais que vous me dessiniez… un conseil.

Il hausse un sourcil, intrigué.

– Un conseil ?

– Oui. Le conseil que vous donneriez à quelqu'un de mon âge qui veut devenir auteur de BD.

Il la scrute un instant, et Lou se sent sondée. Elle a du mal à imaginer que cet homme devant elle, si humain, si… normal, soit à l'origine de toutes ces histoires qu'elle a englouties.

– Très bien.

La jeune fille le regarde s'atteler au travail avec admiration. En une poignée de secondes, quelques traits bien placés ont donné vie à un personnage. Très vite, elle se reconnaît, assise à un bureau, en train de dessiner. Il signe, appose la date et lui tend son exemplaire.

– C'est le meilleur conseil que je puisse te donner, Lou. Travaille.

Elle se contente d'un hochement de tête et mille autres questions se bousculent dans son esprit. Comment en est-il arrivé à ce degré de maîtrise ? Comment a-t-il obtenu sa première publication ?

Est-il heureux de son choix de vie ? Mais l'impatience des gens dans son dos la paralyse. Avant qu'elle ait eu le temps de formuler quoi que ce soit, une femme tend son propre exemplaire à l'auteur. Lou s'éloigne, laissant derrière elle toutes ces tables couvertes de bandes dessinées. Dans la foule, elle ouvre son ouvrage et fixe avec intensité la dédicace. Puis la magie du moment est rompue par les visiteurs qui la bousculent et elle presse le pas jusqu'à l'appartement.

En rentrant, elle découvre un mot aimanté au frigo.

Je rentrerai tard ce soir, il y a un reste de boeuf bourguignon dans le frigo. Jean est chez un copain. N'oublie pas tes médicaments.

Si elle avait su que sa mère serait absente, elle serait restée plus longtemps au festival en dépit de ses directives. Mais ce message est aussi un gage de liberté incroyable en ce dimanche. Elle va pouvoir manger quand elle veut, faire ses devoirs à l'heure qu'elle souhaite, tout ça sans que sa mère soit sur son dos.

La jeune fille monte dans sa chambre déposer ses bandes dessinées, puis passe dans la salle de bains. Elle affronte par la même occasion son reflet dans le miroir ovale. Elle parvient à se regarder droit dans les yeux une fraction de seconde puis se détourne, ne supportant pas ce qu'elle voit.

Près du lavabo, le coffret de maquillage offert à Noël la nargue. C'est une jolie boîte laquée, qui comprend une vingtaine de carrés de couleurs ainsi que des pinceaux. Lou trouve l'objet très beau, cela lui évoque une palette de peinture. Poser des nuances sur un dessin, elle le fait naturellement, mais sur son propre visage…

L'espace d'un instant, elle s'imagine demander conseil à sa mère, se ravise. La jeune fille s'empare d'un paquet de gâteaux dans la cuisine, puis monte dans sa chambre. Quel plaisir de ne pas entendre sa mère hurler : « Lou, repose ça tout de suite, pas de grignotage entre les repas ! » Elle croque dans les biscuits au chocolat avec triomphe, puis va sur YouTube pour regarder des tutoriels beauté.

Elle est abasourdie par le nombre d'étapes montrées par les filles devant leurs webcams et trouve les résultats beaucoup trop marqués. L'idée d'arriver au lycée devenue complètement quelqu'un d'autre lui donne des frissons…

Elle voudrait un changement progressif, subtil. Devenir un brin plus féminine sans se transformer en pot de peinture.

Lou se connecte sur Facebook. Sonia Pradier est en ligne.

Lou Hauet

Coucou !

Sonia Pradier
Hey ! Comment ça va ? ☺

Lou Hauet
Très bien et toi ?
Je reviens du festival d'Angoulême,
j'ai eu une dédicace de Boulet !

Sonia Pradier
Génial. ☺ Je suis son blog depuis des années,
il est comment en vrai ?

Lou Hauet
Sympa mais débordé. Si seulement un jour
on avait autant de lecteurs…

Sonia Pradier
Qui sait ? ;) J'adorerais aller à ce festival !
Quoi de neuf sinon ?

Lou Hauet
Je regarde des tutos beauté sur le Net,
ces filles sont dingues…
Ma mère m'a offert du maquillage pour Noël,
tu n'aurais pas des conseils ?

Sonia Pradier
Siiiiiiii !

Aussitôt, Lou reçoit une demande de connexion vidéo. Elle accepte et voit apparaître le grand sourire de Sonia. Alors qu'il est treize heures, cette dernière porte un sweat Hello Kitty informe et sa crinière blonde est en bataille.

– Désolée, dit-elle, je n'ai toujours pas pris ma douche aujourd'hui…

Cette situation serait absolument impossible chez Lou, sa mère l'aurait forcée à se laver et à s'habiller.

– Montre le maquillage, fait Sonia.

Lou s'empare du coffret pour le placer devant la webcam. La jeune fille fixe les différentes couleurs en hochant la tête d'un air expert.

– Hum… Vu ta carnation, tu devrais essayer le fard à paupières taupe. Le truc, c'est d'associer deux teintes : une plus claire au coin de l'œil, pour donner de la lumière, puis tu mets une couleur dans les mêmes tons, mais plus foncée, sur le reste de la paupière. Attends.

Sonia disparaît quelques secondes, revient avec une caisse métallique qui déborde de crayons, de pinceaux et de fards. La caverne d'Ali Baba. Elle se lance dans une démonstration, et Lou ne peut s'empêcher de l'admirer en cet instant. Son amie semble avoir fait cela toute sa vie, elle trace un trait d'eye-liner noir impeccable au-dessus de ses cils. Lou imite ses gestes avec maladresse en écoutant les conseils, puis prend peu à peu de l'assurance.

Si la situation lui paraît un peu étrange au départ, elle oublie vite sa gêne et s'applique en regardant son double sur l'écran de l'ordinateur. En un quart d'heure, elle arbore mascara, fond de teint et rouge à lèvres.

– Tu es canon ! s'exclame Sonia.

Lou ose enfin se regarder droit dans les yeux, même si c'est au travers de l'écran. Ces quelques artifices la rendent plus… femme. Plus sûre d'elle. Elle repousse la mèche devant ses yeux et l'attache à l'aide d'une barrette qui traîne sur le bureau.

– Je pourrais t'apprendre plein de trucs si on se voyait, dit Sonia. Et si tu venais en Normandie pendant les vacances de Pâques ?

Lou dévisage son amie de pixels, aussi joyeuse qu'alarmée par cette idée.

– On commence à se connaître, ajoute la petite blonde, maintenant qu'on a presque terminé notre travail pour le fanzine, on pourrait penser à la suite. Par exemple monter un vrai dossier de bande dessinée !

Son enthousiasme est contagieux et Lou ne peut s'empêcher de sourire à son tour.

– J'aimerais beaucoup, soupire-t-elle, mais je ne sais pas trop si ma mère sera d'accord. Elle est complètement parano avec Internet, je ne lui ai pas dit que j'étais sur un forum…

– Si c'est ça le problème, mes parents peuvent l'appeler pour la rassurer.

Lou hésite, puis demande :

– Tu habites où, exactement ?

– Un village près de Mortagne-au-Perche.

– Mortagne-au-Perche ? répète-t-elle, moqueuse.

Sonia éclate d'un rire cristallin.

– Oui, pas très glamour comme nom, je sais, ça en dit long sur le côté paumé du bled. Dans cette région, il y a plus de vaches que de personnes. L'essentiel, ce sera de nous voir enfin !

– J'en parlerai à ma mère, assure Lou.

– Parfait ! Continuons de bosser, alors.

Les jeunes filles coupent la connexion vidéo et retournent à leurs occupations. Avoir vu son auteur favori en chair et en os a allumé en Lou une flamme impossible à éteindre. Elle peaufine la colorisation du paysage qui clôture la nouvelle de Sonia : ajouter quelques ombres par-ci, corriger des défauts par-là. Finalement, neuf pages où se succèdent texte et dessins. Soudain, une notification apparaît sur le forum *Trames*.

Eru Rōraito

Salut Tiamat,

Je suis en pleines révisions pour mes partiels de droit, je m'ennuie et j'étais en train de repenser à tes dessins. Tu devrais te créer un site internet, un portfolio en ligne pour mettre tes productions. Si tu veux attirer les éditeurs, c'est le b.a.-ba.

Lou marque un léger temps d'arrêt, ferme sa fenêtre Photoshop pour que la page du forum occupe tout l'écran.

Tiamat

Hello Eru,

Comment tu vas ?

Oui, c'est une idée super le site internet (j'y ai déjà pensé à vrai dire), le souci c'est que je n'y connais rien en programmation et que ce n'est pas avec mon argent de poche que je vais pouvoir me payer un site.

Eru Rōraito

Écoute, j'ai déjà beaucoup programmé de mon côté, si tu me dis de quoi tu as besoin, je veux bien te le faire gratuitement. J'ai vu les derniers dessins que tu as postés sur le forum, ceux qui illustrent la nouvelle de Yuna. Tu progresses à vue d'œil, c'est impressionnant. Si je peux te donner un coup de main, ce sera avec grand plaisir.

Lou fixe le message, abasourdie. Jamais Eru n'avait été aussi prévenant, lui qui est habituellement si avare en compliments. Là, il lui propose de créer son site ! Elle répond en tapant avec frénésie.

Tiamat

Sérieux ? Ce serait super !

Eru Rōraito

Oui, sérieux. Fais-moi un plan des sections que tu souhaites, envoie-moi tes dessins, je vais voir ce que je peux faire.

Lou se rejette en arrière dans le fauteuil de son bureau, puis joint les mains. Avoir son propre site serait un premier pas vers le professionnel, une nouvelle bouteille à la mer. Qu'Eru lui propose ce service de façon si naturelle, spontanée, est un baume passé sur son ego qui a été tant de fois éraflé ces derniers mois. Les larmes lui brouillent la vue, elle se frotte les yeux et s'aperçoit alors qu'une traînée noire a marqué le dos de sa main. Elle n'est pas encore habituée au maquillage.

En fouillant les tiroirs pour trouver de quoi essuyer le mascara, elle tombe nez à nez avec la boîte d'antidépresseurs. Elle regarde l'heure en bas à droite de l'écran : il sera bientôt temps de les prendre. Lou pose la plaquette près de son ordinateur et reprend la discussion.

Tiamat

Merci énormément (ça me touche beaucoup…).

Eru Rōraito

Mais de rien ! Un jour, il faudra que tu arrêtes de dire les choses importantes entre parenthèses, ça donne l'impression que tu veux les diminuer.

Lou laisse échapper une exclamation amusée. Oui, c'est vrai qu'elle a tendance à mettre des parenthèses partout, c'est de cette façon qu'elle restitue le mieux sa façon de penser.

Tiamat

D'accord, je rectifie, ÇA ME TOUCHE BEAUCOUP !

Eru Rōraito

Les majuscules, ça va, tant que ce n'est pas des smileys. Ils me donnent toujours l'impression que mon interlocuteur a une grosse tête ronde et jaune.

Tiamat

Tu n'as pas beaucoup d'imagination, pour un futur écrivain.

Eru Rōraito

Je ne suis pas un « futur » écrivain, j'estime qu'à partir du moment où l'on écrit, peu importe si l'on est publié, on peut se définir comme un écrivain, là, dans le présent.

Lou roule des yeux exaspérés. Ces revendications, c'est du Eru tout craché.

Tiamat

OK OK (je ne voulais pas te froisser).

Eru Rōraito

Et te concernant, sache que j'use de mon imagination pour savoir à quoi tu ressembles. Les photos que tu as postées dans le trombinoscope m'ont servi...

La jeune fille suspend ses doigts au-dessus du clavier, ne sachant comment interpréter cette dernière phrase. Qu'est-ce qu'elle sous-entend ? Essaie-t-il de la séduire ?

Tiamat

En parlant de trombinoscope, tu n'as toujours mis aucune photo de toi !

Eru Rōraito

Je n'aime pas laisser filtrer des éléments de ma vie réelle sur Internet.

Encore cette sempiternelle excuse ! Si elle abonde dans le sens d'Eru, il lui parlera des fichiers stockés par le gouvernement, de la fin de notre liberté, de l'entrée dans une dictature de l'information. Mais Lou veut continuer à orienter la conversation sur leur relation virtuelle.

Tiamat

Après tout ce temps à discuter, j'aimerais bien savoir à quoi tu ressembles.

Eru Rōraito

Utilise ton imagination en attendant de me voir à Japan Expo.

Lou soupire. Depuis des mois, elle déroule dans son esprit un tas de films impliquant Eru. Sans trop savoir pourquoi, elle se le figure brun, assez grand, l'œil affûté.

Tiamat

En tout cas, les photos de moi sur le trombinoscope sont de vieilles photos, j'ai changé depuis.

Eru Rōraito

Vraiment ? Je peux voir ?

Elle hésite un instant, puis s'empare de son téléphone portable et prend une photo d'elle, qu'elle s'envoie aussitôt par mail. Elle télécharge le fichier, puis l'ouvre dans Photoshop. Vraiment, ce maquillage et cette coiffure la métamorphosent. Elle corrige le bouton récalcitrant qui a décidé d'occuper son menton depuis une semaine, ajoute un peu de lumière et le tour est joué. En quelques clics, l'image apparaît sur le forum, dans le topic « Trombinoscope ».

Tiamat

Trombi mis à jour.

Lou prend une profonde inspiration. Que va en penser Eru ?

Après d'interminables minutes, une réponse.

Eru Rōraito

Tu es très belle.

Elle lit et relit ces quatre mots, comme pour s'en imprégner, se convaincre de leur réalité. C'est la première fois de sa vie qu'un garçon lui dit cela. La première fois. Un grand sourire étire ses lèvres, un sourire impossible à effacer.

Lou prend la plaquette d'antidépresseurs, la tourne et la retourne entre ses mains. Après une longue minute d'hésitation, elle la jette dans la corbeille en acier. Les gélules colorées rejoignent les feuilles froissées.

FÉVRIER

SONIA

Mes parents m'ont toujours laissé de la liberté,
de l'indépendance. Trop à mon goût.
Adolescente, je le ressentais comme de la négligence.
Aujourd'hui, j'ai arrêté de leur en vouloir.
J'ai accepté leurs imperfections.

Sonia savoure les vacances. Deux semaines bien méritées de repos, pour se remettre du bac blanc de français et des nombreux devoirs à rendre. Assise en tailleur sur son lit, elle ouvre une boîte de fer-blanc. Une vingtaine de feuilles y sont soigneusement pliées, toute sa correspondance avec Peter. Elle les pose avec soin sur la couverture, les remet dans l'ordre, puis les relit pour la centième fois.

Tu ne sais pas qui je suis, mais je sais qui tu es.
Si tu as envie d'en savoir plus sur moi,
réponds-moi dans le casier 503.

Voici un message bien énigmatique !
Puis-je avoir un indice ? On se connaît ?

Non, nous ne nous sommes jamais parlé.
Peut-être vois-tu qui je suis, peut-être pas.
Ça va paraître étrange, mais en te croisant dans les couloirs
j'ai eu envie de te connaître davantage.
Étant aussi une littéraire, j'ai opté pour l'épistolaire…
Un indice : je suis une fille.

Une fille en L… Je crois que tu ne pouvais pas faire
plus vague. Étant donné que je connais tout le monde
dans ma classe, cela réduit sensiblement les candidates.
Es-tu en première ?

Sonia sourit, elle se souvient de la panique qui l'a gagnée en lisant ce mot, du moment où elle s'était maudite d'en avoir trop dit. Matthieu l'avait rassurée : autant assumer, ce jeu avait pour but de se dévoiler.

Oui. Cela te laisse une chance sur onze. Bon courage.

J'avoue que je suis très intrigué. Cela fait une semaine
que l'on correspond. Comment tu fais pour récupérer
les messages dans le casier 503 ?
Je reste à proximité pendant la récré, et RIEN !
Tu es une magicienne ?

C'est ça, j'ai des pouvoirs extraordinaires !
Et toi, Peter, quels sont tes pouvoirs ?

Chère inconnue,
Je suis en cours de philosophie et je m'ennuie ferme.
J'aimerais avoir un pouvoir : sembler présent et attentif
en cours tout en étant ailleurs.
Je crois que ça s'appelle l'ubiquité,
un truc comme ça – pas sûr de l'orthographe.
Je n'ai rien contre Kant et Descartes,
mais je suis impatient d'avoir ce foutu bac
pour partir à Paris faire ma licence de musicologie.
Je ne sais pas si tu le sais,
je fais partie d'un groupe de rock qui s'appelle Épopée.
On joue demain au Caribou,
le seul bar potable de Mortagne – on pardonnera
son nom risible. Aurai-je le plaisir
de scruter la foule comme un parano ?

Cher Peter,
Navrée, je n'ai pas pu me rendre à ton concert hier, j'espère que
tu as passé un bon moment. L'ubiquité, c'est un don sympa.
Si je devais en avoir un, ce serait sûrement l'empathie :
ressentir ce que les autres ressentent
afin de pouvoir le retranscrire au mieux.
Être dans la peau d'autres personnes, le temps d'un récit,
d'un roman peut-être. Licence de musicologie, c'est un beau
programme, et Paris te changera de Mortagne-au-Perche.

Chère inconnue,
Cela fait un moment que cette correspondance dure,
j'exige un autre indice !

Sonia fixe ce dernier message, auquel elle a répondu la veille des vacances en glissant le mot suivant dans le casier de Peter :

Je suis en première L. Petite, blonde.
Je ne peux pas t'en dire plus ! Ceci est mon dernier message.

Elle sait qu'il est temps de couper court à ce jeu, que plus elle se confiera par écrit, et plus ce sera difficile d'affronter Peter. En donnant des indications physiques si importantes, il ne tardera pas à l'identifier. C'est pour cela qu'elle a préféré glisser le message avant les vacances : il ne le découvrira qu'à la rentrée, dans deux semaines. Cela lui laisse le temps de se préparer. Comment réagira-t-il en découvrant son identité ? Est-ce qu'il viendra lui parler ? Ou bien sera-t-il déçu et préférera-t-il éviter toute discussion ? Sonia se sent tiraillée par tous ces possibles. Finalement, peut-être était-ce une mauvaise idée d'attendre aussi longtemps. Elle a le temps de se préparer psychologiquement, oui, mais aussi de se torturer…

Afin de tenter d'oublier Peter, ne serait-ce que quelques minutes, elle se connecte sur le forum *Trames*.

Eru Rōraito

Comment vas-tu Yuna ?

Tiamat m'a montré votre projet achevé pour le fanzine de juillet, félicitations, c'est de l'excellent travail. Je dois avouer que je suis de plus en plus séduit par ta plume.

Sonia fronce les sourcils. Les messages d'Eru ne la mettent jamais très à l'aise. Ses formulations sont mielleuses, un peu trop sucrées pour être honnêtes. Elle répond néanmoins :

Yuna

Merci, Lou – enfin Tiamat – et moi nous sommes bien trouvées. Travailler à deux me motive énormément.

Elle arrête là la conversation, puis parcourt rapidement le forum.

Lou vient de poster un dessin sur l'un des topics : deux jeunes filles côte à côte, l'une brune brandissant un crayon, l'autre blonde tenant une plume. Aussitôt, elle s'empresse d'envoyer un message à Lou sur Facebook.

Sonia Pradier

Addddorable le dessin que tu as posté ! :D

Lou Hauet

Tu as reconnu ? ;)

Sonia Pradier

Et comment ! C'est génial ! Merci. <3 Je vais l'imprimer et l'afficher dans ma chambre.

Lou Hauet

Je me disais qu'on pourrait en faire une petite bande dessinée. Tu serais d'accord pour m'écrire le scénario ?

Sonia Pradier

Super idée ! Mais du coup, ce serait nous, les héroïnes ?

Lou Hauet

Oui. Ce serait un mélange entre *Nana* (pour l'amitié fusionnelle) et *Bakuman* (la difficulté de devenir mangaka).

Sonia Pradier

Tu veux devenir mangaka ?

Lou Hauet

Non, la couleur est mon point fort (ce serait étrange de partir sur du noir et blanc). Et puis, je préfère une narration plus resserrée, avec plus de décors, des cases plus larges. Je ne suis pas fan du genre franco-belge, j'aimerais tester des choses hybrides !

Sonia Pradier

OK, OK ! Je vais commencer à creuser une histoire, alors. ☺ Je reviens vers toi dans quelques heures avec des idées.

Lou Hauet
Ça marche, moi, je continue les croquis. ;)

Soudain Sonia se rappelle qu'elle n'a toujours pas demandé à ses parents l'autorisation d'accueillir son amie durant les prochaines vacances. Elle ne sait pas encore comment aborder la question.

Plus le temps passe, plus elle a peur d'essuyer un refus. Lou et elle ne se connaissent qu'à travers Internet, ce qui paraît assez naturel pour sa génération, mais qu'en sera-t-il de sa mère, à qui la technologie donne du fil à retordre ?

Il lui faut en général une demi-heure d'explications méticuleuses pour qu'elle parvienne à ajouter correctement une photo de son élevage de chats sur la page Facebook.

Après tout, Lou en sait bien plus sur Sonia que sur ses propres parents. Avec elle, même si ce n'est que par le biais des messages et de la webcam, elle se sent entière, peut partager ses joies, ses doutes, parler de son rêve d'écriture sans pudeur. Pourquoi serait-ce moins légitime de rencontrer quelqu'un qui partage ses centres d'intérêt même à distance ? C'est un lien finalement bien moins aléatoire que celui tissé avec les gens qu'elle retrouve en classe. À part Quentin qu'elle apprécie, elle juge les filles assez superficielles, le stéréotype de celles qui ont choisi L sans aimer lire, à défaut d'autre chose.

Sonia prend donc son courage à deux mains et rejoint sa mère qui, comme d'habitude, est en train de toiletter l'un des persans. Elle s'installe sur le canapé aux accoudoirs marqués de griffures.

– Maman…

– Hum ?

– Tu sais que je veux devenir écrivain, pas vrai ?

Brusquement, elle redresse la tête, faisant bouger ses boucles blondes.

– Oui, j'ai cru comprendre. Moi aussi, j'ai eu des passions quand j'étais jeune, ça passe.

– Euh, oui, bon. Je travaille dur pour réaliser ce rêve. D'ailleurs, je participe à un fanzine qui publiera une de mes nouvelles à la fin de l'année.

La mère continue de peigner Olympe, qui toise Sonia du haut de son arbre à chat, imperturbable.

– C'est bien, ponctue-t-elle.

– On communique via un forum.

– Un forum ?

– C'est là que j'ai rencontré Lou.

La mère abandonne pour de bon son toilettage et braque sur Sonia un regard inquiet.

– Comment ça, « rencontré » ?

– C'est une fille de mon âge, qui dessine. On travaille ensemble.

– Mais, je veux dire, tu ne l'as jamais vue en vrai ?

– Non, c'est pour ça que j'aimerais l'inviter durant les vacances de Pâques.

Sa mère fronce les sourcils, contrariée, et semble chercher ses mots. À ce moment, son père sort de la cuisine.

– Figure-toi que Sonia voudrait inviter chez nous une fille qu'elle n'a jamais vue, annonce-t-elle de but en blanc.

La jeune fille lève les yeux au ciel, excédée.

– Quoi ? s'étonne son père.

– Je reprends, lance Sonia en s'astreignant au calme. Je suis sur un forum de discussion créatif, sur lequel on poste ses textes et ses dessins. Lou a seize ans, elle est en première S à Angoulême et elle a illustré ma nouvelle qui sera publiée au mois de juillet. Je parle souvent avec elle, et j'aimerais donc qu'elle vienne passer les vacances de Pâques à la maison.

Sa mère jette à son époux un regard sceptique, puis déclare :

– Je sais qu'on peut rencontrer des gens en ligne, je dialogue avec pas mal d'autres éleveurs de persans sur Facebook, mais de là à les inviter en vacances, tu exagères…

– Je ne vois pas où est le problème !

Le père se place entre elles en levant les mains en signe de paix.

– Allons, allons… Je trouve ça super, moi, que les jeunes se retrouvent selon leurs points communs, et ça, peu importe leur situation géographique. C'est l'avenir.

Sa mère croise les bras, contrariée. Sonia sait que pour obtenir ce qu'elle désire, il existe une stratégie infaillible : monter ses parents l'un contre l'autre. Diviser pour mieux régner.

– Merci, papa. Ça fait plaisir de voir que tu es aussi ouvert sur l'évolution des mentalités.

– Qu'est-ce que ça veut dire ? fait sa mère d'une voix tendue.

– Ben, toi maman, tu as du mal à t'y mettre, à l'ordinateur, à part pour les chats.

Vexée, la concernée tourne les talons et quitte le salon.

– Mais qu'elle est susceptible, soupire son père.

– Et pour Lou ? insiste Sonia. C'est oui ?

– Je n'y vois pas d'inconvénient.

– Merci papa, tu es le meilleur !

Elle lui offre son plus grand sourire, puis file dans sa chambre avant qu'il ait le temps de changer d'avis.

LOU

Tu sais, Sonia, ma mère n'a jamais su
me laisser de liberté.
Adolescente, je ressentais cela
comme un manque de confiance.
Te rencontrer, voir dans quelle famille tu vivais,
m'a aidée à prendre du recul

Les rayons du soleil viennent frapper le visage endormi de Lou. La jeune fille s'enroule plus confortablement dans sa couette, savourant la grasse matinée des vacances. Tout est paisible. Quelques images d'un rêve dansent encore à la bordure de sa conscience, son oreiller est doux et accueillant.

Soudain, des tambourinements se font entendre contre la porte.

– Lou ! Debout ! Il est dix heures, bon sang ! Je t'attends dans la cuisine !

Elle pousse un grognement exaspéré et se frotte les paupières. Sa mère vient de décrocher un poste de secrétaire médicale dans le cabinet d'un certain docteur Andrieux. Lou pensait qu'en plongeant dans la vie active, sa mère deviendrait un peu plus souple. Aucunement. Une chose est certaine : tant qu'elle vivra sous ce toit, on ne la laissera jamais dormir jusqu'à midi.

Après quelques minutes pour s'habituer à la luminosité de la chambre, elle sort de son lit.

Son premier réflexe n'est pas de prendre son petit-déjeuner, non, mais d'allumer son ordinateur. Tout en étouffant un bâillement, elle se connecte sur le forum *Trames*.

Eru est en ligne. La souris passe et repasse au-dessus de ce nom comme pour le caresser. Rien ne lui fait plus plaisir que de recevoir des nouvelles du jeune homme.

Après un moment d'hésitation, elle se lance et pianote avec excitation.

Tiamat

Salut Eru !

Comment ça va aujourd'hui ?

Moi, la grande forme, j'ai eu 17 en maths (de quoi me débarrasser de ma mère pour quelques jours) et j'ai bien reçu les captures d'écran du site en construction. C'est génial ! Exactement ce que je voulais !

Eru Rōraito

Bonjour Tiamat,

Ravi d'apprendre que tu es toujours aussi brillante, si tu continues comme ça, tu auras tant de points d'avance pour le bac que tu ne sauras pas quoi en faire.

En ce moment, les cours de droit me fatiguent, je n'ai pas le temps d'écrire, mais je m'accroche…

Ravi que cette proposition te plaise, je vais commencer à mettre tout cela en ligne, j'ai déjà enregistré le nom de domaine. Ton site sera bientôt prêt.

Tiamat

Merci, merci, merci encore !

Navrée pour les cours de droit, tu veux dire qu'après le lycée, ce n'est pas la fin de la torture ?

Eru Rōraito

Il y a de bons côtés à la fac : la liberté, le fait d'être noyé dans la masse qui nous permet de rester anonyme. Mais si on commence à sécher les cours et à se laisser porter, c'est fichu. Dans mon cas, je travaille dur, j'ai pour objectif de passer le concours du barreau afin de devenir avocat.

Tiamat

Eh ben, ça en jette ! ☺ (Oups, désolée, tu détestes les smileys.)

Si tu travailles beaucoup, ta copine ne doit pas trop aimer ça…

Enfin. Lou a réussi à aborder le sujet de la vie sentimentale au détour d'une discussion. Certes, la transition était un peu abrupte et maladroite, mais il fallait saisir l'occasion. Ou plutôt, la créer.

Eru Rōraito

À vrai dire, je n'ai pas de copine, ceci facilite cela.

Le cœur de Lou accélère, envoie des salves de joie dans tout son corps.

Tiamat

Comme ça, tu as tout ton temps pour travailler. ^^

Eru Rōraito

Et toi, tu as un copain ?

Les doigts de Lou se posent sur les touches, se rétractent, puis elle trouve le courage de répondre.

Tiamat

Non, je suis une célibataire endurcie !

C'est hélas la vérité. À seize ans, elle n'a jamais eu un seul petit ami. Rien au collège. En primaire, elle a reçu une fois une lettre d'amour pour la Saint-Valentin, ce qui remonte à loin.

Eru Rōraito

Il n'y a pas de garçon qui te plaît au lycée ?

Tiamat

Pas vraiment, je les trouve tous immatures et pas spécialement mignons.

Lou n'ose pas dire que même si elle trouve certains assez attirants, ils courent tous après Julie ou Farah.

– Lou ! Je ne le dirai pas une troisième fois !

Lorsque la voix de sa mère monte autant dans les aigus, c'est mauvais signe.

Tiamat

Désolée, je dois filer, plein de trucs à faire aujourd'hui !

Eru Rōraito

Passe une douce journée.

Lou ferme la fenêtre de navigation, quitte sa chambre puis descend les escaliers.

Une douce journée.

Qui emploie ce genre d'expression ?

À peine a-t-elle posé un pied dans la cuisine que Lou comprend que quelque chose ne va pas. Sa mère se tient debout, le maintien raide, son index braqué sur des gélules posées sur le plan de travail.

La jeune fille déglutit avec difficulté, puis croise les bras sur son pyjama, bien décidée à lui tenir tête. De longues secondes s'égrènent, puis sa mère prend la parole d'une voix chancelante :

– Hier après-midi, j'ai trouvé ça en vidant ta poubelle. Tu peux me dire ce que c'est ?

– Ce sont mes antidépresseurs, répond-elle vivement.

– Pourtant, tu les as bien pris ce matin. Pourquoi est-ce que tu as jeté cette boîte ?

– Parce que même si je sais que je suis obligée, je ne ressens plus le besoin de les prendre. Et puis j'étais énervée.

Sa mère porte une main tremblante à son visage, manifestement en proie à un rude dilemme intérieur, entre la colère et la douceur. Lou ajoute :

– Je vais mieux, maman, j'en ai marre de prendre ces médicaments.

– Mais tu ne peux pas arrêter ton traitement comme ça, tu le sais. Il faut que l'on prenne rendez-vous chez le médecin, c'est à lui de donner son avis.

Les poings de Lou se serrent fort, si fort que ses ongles s'enfoncent dans ses paumes.

– Je ne serai pas guérie tant que tu n'auras pas accepté qui je suis, déclare-t-elle. Ce ne sont pas les antidépresseurs qui me font du bien, c'est le dessin. Je ne peux pas imaginer faire autre chose de ma vie, je ne peux pas imaginer passer encore des années à subir des matières qui ne m'intéressent pas ! Je serai guérie quand je serai sûre qu'après le lycée, j'irai aux Gobelins.

Lou reprend son souffle, étonnée d'avoir enfin exprimé tout haut les pensées qu'elle ressasse depuis des mois. Sa mère la dévisage comme si elle la voyait pour la première fois.

– Ne mélange pas tout, répond-elle mollement.

– Je ne mélange rien, on est en plein dans le sujet. Ça fait un moment que je participe à un forum qui s'appelle *Trames,* qui publie des magazines amateurs dans lesquels les gens dessinent et écrivent.

Sa mère a un mouvement de recul.

– C'est sur ce forum que j'ai rencontré Sonia, ma scénariste.

Sa mère ouvre la bouche en grand, puis s'étonne :

– Tu fais des rencontres sur Internet ? C'est à ça que tu passes ton temps dans ta chambre ?

– Je ne fais pas « des rencontres », je participe à un magazine qui sera publié au mois de juillet !

– Je n'y crois pas ! Je t'ai pourtant mise en garde ! On ne peut jamais savoir qui est derrière un écran, Lou. Tu m'entends ? Internet est le terrain de chasse idéal pour les pédophiles, les psychopathes…

– Sonia n'est pas une psychopathe ! Elle m'a même invitée chez elle, en Normandie, pour les prochaines vacances !

Cette fois-ci, sa mère plaque ses paumes contre ses joues et ferme les yeux, catastrophée.

– Il ne t'est pas venu à l'idée que Sonia pouvait être un faux nom ? Un piège ? C'est le schéma classique des prédateurs sexuels sur Internet, de faire croire qu'ils ont le même sexe, le même âge…

Lou voudrait secouer sa mère, lui montrer que le monde a changé. Elle n'arrive pas à croire qu'il y a de cela seize ans elle était dans le ventre de cette femme, qu'elles formaient un tout. Aujourd'hui, rien ne semble plus les réunir.

– Tu me prends pour une débile ! crie Lou. Sonia est mon amie, on a souvent discuté grâce à la webcam, c'est une fille de mon âge !

– La webcam, tu as utilisé la webcam, non mais…

– Elle s'appelle Sonia Pradier, elle est en première L, elle habite à Mortagne-au-Perche. Tu peux appeler ses parents quand tu veux.

À la mention d'une autorité parentale, sa mère semble se ressaisir, mais la colère de Lou est à son comble. La jeune fille explose :

– Et ça change quoi, que je l'aie rencontrée sur un forum ou au Jardin Vert ? Tu sais quoi, c'est ma seule amie !

Une expression d'incrédulité se peint sur les traits de sa mère.

– Parce que oui, maman, je n'ai aucun ami au lycée ! Tu es tout le temps sur mon dos, mais tu ne t'en es pas rendu compte !

Lou sent ses narines la piquer irrésistiblement, puis sa vue se brouille de larmes. Elle ne supporte plus cette cuisine, ces gélules sur le plan de travail, cette discussion.

La jeune fille fait volte-face, grimpe les marches des escaliers quatre à quatre, puis s'enferme dans sa chambre. Elle s'allonge sur son lit, plonge la tête dans son oreiller et enfin libère toute sa peine. Un sanglot énorme gonfle dans sa poitrine, se transforme en pleurs bruyants et en hoquets.

Après quelques minutes, elle entend la porte grincer, puis une main douce se pose sur son épaule. Lou resserre les bras autour de son visage, honteuse.

– Lou, ma puce, ma chérie…

Il n'y a plus une once d'agressivité dans la voix de sa mère, enfin.

– J'ai compris. Je vais appeler les parents de ton amie Sonia.

MARS

SONIA

Ce jour-là Lou, ce 13 mars,
je m'en souviendrai longtemps.
C'est le jour où ma première passion a commencé.

– Langue de bœuf ou blanquette de dinde ?

Le regard de Sonia passe des disques râpeux de viande à la sauce blanchâtre dans laquelle baignent quelques morceaux non identifiables.

– Alors ? insiste la cantinière.

– Entre la peste et le choléra, lui chuchote Matthieu.

– Blanquette de dinde.

La femme verse une louche, puis pousse brutalement l'assiette vers Sonia. Celle-ci se fend d'un merci, pose son plat et fait glisser son plateau sur la rampe de métal.

En dessert, c'est banane ou roulé à la fraise suspect. Elle opte pour le fruit.

Leur repas du midi choisi, Matthieu et Sonia passent dans le réfectoire bondé du deuxième service. Le brouhaha des conversations agresse immédiatement les oreilles. Sonia et Matthieu, comme les élèves devant eux, s'arrêtent, leur plateau à la main, et scrutent la foule à la recherche d'une place. Parfois, la jeune fille se demande qui a eu l'idée de peindre cette salle en rose dragée et d'y assortir les tables et les chaises.

– Là ! s'exclame Matthieu.

Le déjeuner est encore une fois l'illustration de la loi du plus fort. Le couple qui attend depuis dix minutes n'a pas réagi assez rapidement. Sonia et Matthieu se précipitent vers une table où deux filles enfilent leur manteau. Ils se plantent devant elles, dressant leurs plateaux pour protéger leurs places.

– Prenez votre temps, fait Sonia avec un sourire crispé.

– Même si on a super faim, ajoute Matthieu.

Les deux filles se contentent de partir sans répondre. En quelques secondes, Sonia et Matthieu occupent leurs places. Ils échangent un long regard dans l'atmosphère chaleureuse des conversations et des cliquetis des couverts.

– Et alors hier ? demande-t-il. Tu es allée voir le casier 503 ?

– Oui, toujours rien. En même temps, j'avais dit que ce serait mon dernier message.

Sonia arrache la mie de son pain pour se donner une contenance. Voilà deux semaines qu'elle a laissé le mot fournissant un indice très précis sur son physique et sa classe. Elle est la seule blonde de première L.

– Il n'ose peut-être pas t'aborder, suggère Matthieu. Tu l'as croisé depuis ?

– Non, j'évite.

Plus exactement, quand elle voit sa silhouette dans le flot des lycéens, elle fonce aux toilettes ou s'intéresse subitement à des affiches aux murs.

– Et toi ? questionne Sonia. Yann Masson se calme ?

– Pas vraiment. Hier, durant le cours de maths, il m'a envoyé un message sur Facebook : « Pourquoi t'es pédé ? C'est génétique ? »

Sonia repose brutalement son pain sur la table.

– Ce type est un gros con.

– Je ne sais pas pourquoi les gens sont aussi curieux avec ça, soupire Matthieu. C'est intime. Moi, je ne balance pas devant toute la classe qu'il a envie de se taper Léa.

– Je ne suis pas sûre que Yann soit capable d'assimiler le concept d'intimité…

Sonia réfléchit un instant, puis ajoute :

– À mon avis, ton orientation sexuelle est un séisme pour lui.

– Un séisme ? Ça y est, tu es passée en mode métaphores…

– Ça perturbe ses convictions et, surtout, ça remet en cause son conditionnement. Je vois bien le père de Yann devant la télé, pendant le débat sur le mariage gay, dire que ces gens-là ne sont pas « normaux » et s'exclamer « Mais où va le monde » ?

– Sans doute…

– Il ne fait peut-être que répéter ce qu'il entend chez lui, soupire Sonia. Va savoir si ça ne le renvoie pas à des sentiments qu'il refoule…

– Mouais, marmonne Matthieu. N'allons pas trop loin, quand même.

La jeune fille soulève la carafe d'eau, qui s'avère vide. Elle lance à son ami son regard suppliant.

– Ah non, hein ! refuse-t-il. C'est toujours moi qui remplis le pichet, à ton tour.

– OK, OK…

Sonia se dirige vers la fontaine à eau, place la carafe dessous et appuie sur le bouton. Lorsqu'elle se retourne, stupeur.

Peter est derrière elle.

Son pichet à la main.

Il lui offre un sourire qui éclaire ses iris sombres.

Se sentant rougir, Sonia se tourne de nouveau vers la fontaine. Son cœur bat à tout rompre, va jaillir de sa poitrine. Elle fixe le filet d'eau comme pour le forcer à remplir plus vite la carafe.

– Prends ton temps, déclare une voix amusée dans son dos.

Sonia clôt un instant les paupières pour lutter contre l'émotion. Son assurance s'est envolée. En ayant pris contact avec Peter, en ayant joué ce jeu, elle se sent sans protection désormais, à découvert.

– Ça déborde…

Elle rouvre les yeux et l'eau coule le long du pichet.

– Ah, mince…

Elle appuie sur le bouton, honteuse, puis file vers sa table sans un regard en arrière. Lorsqu'elle s'assoit, Matthieu la dévisage, au comble de la jubilation. Sonia fait comme si de rien n'était et remplit leurs verres d'une main moite.

– So…

– Quoi ? fait-elle agressivement.

– Je ne t'ai jamais vue aussi rouge. On dirait un homard.

Elle le foudroie du regard.

Matthieu éclate de rire.

– Vous vous êtes parlé ? s'enquiert-il.

– Pas exactement. Si, un peu. Rien d'intéressant.

– Il t'a reconnue, tu crois ?

– J'en sais rien.

Elle se force à inspirer à fond pour retrouver son calme.

– Bon sang, So, je t'ai vue draguer des mecs sans aucune gêne, leur dire des trucs provocants en les regardant droit dans les yeux, et là, pour échanger deux mots, tu piques le fard du siècle…

– Bon, ça va, non ? s'énerve-t-elle.

Il se mord la lèvre inférieure pour ne pas rire et retourne à son assiette.

La journée se déroule avec une lenteur insupportable, douloureuse. Impossible pour Sonia de se concentrer sur les cours, pas même celui de M. Brodin. Pour la première fois de l'année, elle s'est terrée au fond de la classe, près du radiateur, et ne lève pas la main au moment des questions.

Ses pensées sont aimantées vers Peter. Elle écrit quelques vers dans la marge tout en rejouant intérieurement la scène de ce midi. Se concentre pour visualiser chaque élément du visage du jeune homme : ses cheveux de jais, son visage marqué par une mâchoire saillante, sa peau claire et impeccable, ses yeux en amande, sombres et lumineux à la fois. Elle a mal réagi. Cette première prise de contact était fade, maladroite. Son imagination s'emballe. Elle se revoit près de la fontaine, mais modifie les événements. Cette fois-ci, lorsqu'elle se retourne, elle lui rend son sourire, le fait rougir lui. Sans timidité, elle s'approche, pose un baiser sur ses lèvres et retourne à la table avec assurance.

– Mademoiselle Pradier ? Pouvez-vous nous rappeler ce qu'est l'amour courtois ?

La question de M. Brodin la fait brusquement revenir dans la salle de classe, sous la lumière crue des néons. Quentin se retourne, surpris par son silence. Elle l'interroge du regard et il lui murmure :

– On vient de commencer Chrétien de Troyes.

Perdue, la jeune fille feuillette ses cours.

– Mademoiselle Pradier, poursuit le professeur, vous n'avez pas besoin de vous raccrocher à vos notes. Vous savez.

Elle lève la tête en direction de l'homme assis sur le bureau, qui essuie nonchalamment ses lunettes.

– L'amour courtois définit les codes des relations hommes femmes au Moyen-Âge, commence Sonia.

– C'est cela, sans oublier que l'expression d'« amour courtois » n'existait pas à l'époque, le terme a été inventé au XIXe siècle pour définir la conception de l'amour médiéval. Si cet amour est en effet très codifié, sa finalité reste la même : la passion.

Sonia regarde autour d'elle. Jamais la classe n'a été aussi attentive.

– Quelqu'un peut me donner une définition de la passion ? demande M. Brodin.

Quentin, un rang devant Sonia, lève la main.

– Oui ?

– C'est être très amoureux de quelqu'un.

– Pas seulement. Faisons un peu d'étymologie.

L'enseignant glisse le long du bureau, puis inscrit au tableau : *Pathos*.

– Passion vient du grec *pathos*, qui signifie « souffrance, passion ». La passion s'oppose à l'action, au fait d'agir. Pour certains philosophes grecs, la passion était dangereuse, à éviter. Elle égarait notre jugement.

Cette fois-ci, Sonia sort définitivement de sa rêverie et prend des notes. Voilà pourquoi elle aime autant la littérature : c'est de la magie. Un roman médiéval peut entrer en résonance avec ce qu'elle vit aujourd'hui, dans ce lycée du fond de la Normandie.

– On définit la passion comme un sentiment vif, intense, envers une personne ou un objet. On peut éprouver de la passion pour quelqu'un, pour quelque chose, ou bien pour une activité. Le point commun à chaque fois est le désir. Avec l'amour courtois, nous parlerons de la passion amoureuse.

La sonnerie résonne. Aussitôt, les élèves rassemblent leurs affaires. L'enseignant hausse les épaules, puis clame d'une voix forte :

– Pour la semaine prochaine, vous m'écrirez une page sur ce qu'est l'amour passion ! Je ramasserai !

Sonia note rapidement dans son agenda, puis quitte la salle de cours. Elle se rend à son casier en traînant des pieds, l'esprit ailleurs. La scène de ce midi ne cesse de tourner en boucle. Elle dépose les livres qui pèsent une tonne dans son sac, puis feuillette *Lancelot ou le chevalier de la charrette*.

– Est-ce que tu as deux minutes ?

Sonia ne pense même plus à respirer. Tout se gèle en elle et, quand elle tourne lentement la tête, un incendie éclate dans son corps.

Peter.

Il se tient devant elle, aussi souriant que tout à l'heure. Un peu plus loin, le groupe de filles de sa classe l'appelle, mais il leur fait signe de continuer sans lui. Sonia les regarde s'éloigner, puis son attention revient sur le jeune homme.

– Oui ? fait-elle en tentant de garder son calme.

– C'est toi, n'est-ce pas ?

Sonia voudrait lui répondre en étant forte, en assumant jusqu'au bout. Mais le rire prend le dessus, un rire nerveux qui la secoue. Peter rit à son tour.

– Je prends ça pour un « oui », alors. Tu t'appelles comment ?

Elle retrouve brusquement son sérieux.

– Sonia.

– Et tu fais ce genre d'expérience épistolaire avec beaucoup de mecs du lycée ?

– Non, avoue-t-elle sincèrement.

Ils se contemplent avec intensité. Peu à peu, l'embarras de Sonia s'efface. Enfin. Peter lui adresse la parole.

– Ce n'est pas commun, dit-il en se grattant l'arrière du crâne. Tu m'as intrigué.

– Je n'aime pas les prises de contact conventionnelles.

– J'ai vu. Tu aurais pu simplement me parler. Mais j'ai bien aimé ce jeu de piste, oui, vraiment bien aimé. Surtout quand on découvre sur qui il débouche.

Ses lèvres pleines dévoilent de nouveau une rangée de dents bien alignées. Cette fois-ci, il l'a soufflée, elle ne sait plus quoi dire.

– Ça te tente de venir avec moi ce soir ? propose-t-il. On va boire un coup au *Caribou* avec des potes.

– Oui, avec plaisir. Enfin, je veux dire non.

Peter lui lance un regard surpris.

– J'adorerais, explique-t-elle, le souci, c'est que je suis interne, je ne peux pas sortir du lycée le soir en semaine.

– Ah, tu es interne, pas magicienne alors…

Sonia esquisse une moue coupable.

– Bon, tant pis, fait-il, une prochaine fois.

– Oui, avec plaisir.

Le hall d'entrée est quasiment désert à présent. Sonia serre le roman de Chrétien de Troyes tout contre elle, déjà dévorée par le remords de ce refus. Peter semble vouloir ajouter quelque chose, puis se ravise.

– Quoi ? insiste Sonia.

– Tu es juste… différente, répond-il.

– C'est un compliment ?

– Oui.

Et soudain, là, sans crier gare, Peter se penche sur elle. Son visage s'approche du sien avec lenteur. Sonia est brusquement entourée par son parfum, un effluve minéral, fort, rassurant. En un éclair, la bouche du lycéen épouse la sienne. Instant suspendu dans le temps, enfin vidé de pensées et d'angoisses. Plus rien n'existe que les lèvres du jeune homme contre les siennes, les lèvres de Peter.

Il rompt le contact, se redresse en arborant une expression bienveillante.

– On se dit à bientôt, Sonia ?

Elle le fixe, noyée par un déluge d'émotions.

– À bientôt, oui.

LOU

Tu sais, Sonia, j'admirais tellement
ton assurance avec les garçons à l'époque.
Tu étais si solide, si séductrice.
Il m'a fallu du temps pour comprendre
que ce n'était qu'un masque.

Le printemps s'installe, adoucit les journées, les abreuve d'un soleil salvateur. Lou adore faire le chemin à pied le matin lorsque la température est clémente, passer devant les feuillages naissants du Jardin Vert, respirer l'air pur avant de s'enfermer en cours. Ce retour de la chaleur, de la lumière, fait écho à sa propre renaissance.

Après deux heures de cours de physique, Lou profite d'une heure de permanence pour aller au CDI. Elle se connecte sur le forum *Trames* afin de vérifier sa messagerie.

Aucune nouvelle d'Eru.

Sur cette déception, elle vérifie que la documentaliste n'est pas dans le coin. Non, heureusement, cette dernière est en train de sermonner les élèves dans la salle voisine.

Lou consulte donc son profil Facebook et découvre que Sonia est aussi en ligne.

Lou Hauet
Qu'est-ce que tu fais là ?

Sonia Pradier
Je suis en perm.

Lou Hauet
Génial, moi aussi ! Ça va ?

Sonia Pradier
Bien et toi ?
Tellement hââââte de te voir. ☺ Plus qu'un mois !

Lou Hauet
Oui ! Désolée que ma mère ait fait subir un interrogatoire à tes parents...

Sonia Pradier
Pas grave. ;) L'essentiel, c'est que ce soit réglé
et que tu viennes !
Au fait, je crois que Peter et moi sortons ensemble.

Lou est heureuse pour son amie : Sonia a enfin réussi à aborder ce garçon qu'elle a évoqué à maintes reprises. Depuis, elle ne cesse de lui parler de Peter, n'a plus que ce prénom à la bouche. Lou aimerait qu'elles se recentrent sur le scénario de la BD, mais avant d'aborder ce sujet il faut subir les longs récits sur le musicien du lycée de Mortagne.

Lou Hauet

Waouh ! Ça va vite !

Sonia Pradier

On ne passe pas nos récrés ensemble, je ne veux pas laisser Matthieu tout seul, mais on se retrouve à la fin de la journée. Là, on s'embrasse pendant des heures contre les casiers !
Samedi dernier, je suis allée à une soirée dans un bar avec son groupe d'amis. Il vient d'avoir son permis, il voulait fêter ça. À un moment, c'est devenu assez chaud... ☺

Lou a un haussement de sourcils. Elle ne sait que répondre mais est intriguée par toutes les expériences que Sonia mène. Cela la renvoie à sa propre situation : elle attend désespérément le message d'un garçon dont elle n'a jamais vu le visage.

Lou Hauet

Chaud ? C'est-à-dire ? Vous avez couché ensemble ?

Sonia Pradier
Non, non, mais c'est devenu assez torride quoi...

Lou Hauet
Je peux te poser une question indiscrète ?

Sonia Pradier
Bien sûr !

Lou Hauet
Tu l'as déjà fait ?

Sonia Pradier
Oui.

Lou Hauet
Et tu as eu combien de copains avant Peter ?

Sonia Pradier
Une dizaine. Enfin, le collège, ça ne compte pas vraiment. Disons trois.

Lou Hauet
Eh bien... Et dire que moi, je n'ai jamais eu de copain, tu le crois ?

Sonia Pradier
Ça va venir ! ☺ ☺ ☺ ☺

Lou Hauet
Quand il faudra que j'embrasse pour la première fois,
je sais à qui je demanderai des conseils.

Sonia Pradier
Il suffit juste de suivre son instinct, je ne suis pas sûre
qu'il y ait une technique... Mais je me souviens
que j'avais super peur, pour mon premier baiser.

Lou Hauet
Tu avais quel âge ?

Sonia Pradier
Sept ans. Un smack hein. Avec un voisin, c'était mignon.

Lou Hauet
Je me dis que je suis une retardée. >_<

Sonia Pradier
Mais arrête ! Les mecs, le sexe, tout ça,
c'est pas si important. Il suffit de trouver quelqu'un
qui te plaît vraiment. Tu n'as personne en vue ?

Lou Hauet
Si, mais comment dire... C'est un mec assez inaccessible.

Sonia Pradier
Personne n'est inaccessible. ;)

– Combien de fois vais-je devoir le dire ? Le CDI n'est pas un salon de tchat !

Lou se déconnecte et ferme aussitôt la fenêtre. La documentaliste se tient devant elle, les poings sur les hanches.

– C'est un centre de documentation ! s'exclame-t-elle. Vous êtes ici pour TRAVAILLER !

– Pardon madame…

Lou prend son sac et quitte le poste d'ordinateur.

Sans doute Sonia a-t-elle raison.

Il est temps qu'elle passe à la vitesse supérieure avec Eru.

Le soir, lorsque Lou referme derrière elle la porte de l'appartement, elle découvre sa mère endormie en travers du canapé, encore vêtue de sa blouse blanche de secrétaire médicale. En temps normal, elle serait déjà en train de préparer le dîner. La jeune fille s'approche, puis lui secoue doucement l'épaule.

– Maman ?

Celle-ci sursaute et se redresse aussitôt, sa chevelure brune en pagaille.

– Hein ? Quoi ?

– Tu t'es endormie…

– Mon Dieu ! Il est quelle heure ?

– Dix-huit heures.

Elle consulte sa fine montre en or puis se masse les tempes. C'est alors que Lou remarque ses cernes violets, les rides plus accentuées au coin de ses yeux.

– Je me suis allongée pour me reposer deux minutes, murmure-t-elle, et je me suis endormie…

– C'est pas grave.

– Si, je devais faire les courses !

– Pour une fois, on peut commander des pizzas, non ?

Lou s'attend à essuyer un refus net, mais à son grand étonnement sa mère soupire :

– Oui, on va faire ça, ce sera plus simple. Après, il faut que j'aide Jean pour ses devoirs.

Se lever du canapé paraît lui demander un effort surhumain. Elle se dirige vers le téléphone fixe pour passer commande, puis s'empare d'une enveloppe qui trône sur la table.

– J'ai reçu ton bulletin du deuxième trimestre, annonce-t-elle.

– Ah, alors ?

– Tu as les félicitations. La prof d'anglais dit que tu pourrais encore progresser, mais bon, c'est un détail.

Lou déplie la feuille que lui tend sa mère et lit avec avidité les commentaires des professeurs, qui ne changent pas au fil des années : *Excellente élève, attentive et investie. Pourrait participer davantage.*

Elle remet le bulletin dans l'enveloppe, puis se tourne vers sa mère.

– Ça se passe bien, ton travail ?

– C'est dur, répond-elle, mais c'est une belle opportunité. Si le docteur Andrieux ne m'avait pas proposé ce poste, je crois qu'à mon âge, avec mon CV vide, ça aurait été impossible de trouver quoi que ce soit…

– Je l'ai déjà vu, ce monsieur Andrieux ?

– Je ne crois pas. C'est un ancien collègue de ton père, mais ils ne se parlent plus depuis plusieurs années.

– Ah bon ? s'étonne Lou. Pourquoi ?

– Bon, Lou, c'est un interrogatoire ou quoi ? Tu n'as pas des devoirs ?

La jeune fille pousse un profond soupir et monte dans sa chambre. Elle essaye juste de s'intéresser à la nouvelle vie de sa mère, mais cette dernière ramène toujours tout à la scolarité.

Lorsqu'elle se connecte sur le forum de *Trames,* un message d'Eru clignote. La simple vue de ce pseudo efface sa contrariété.

Eru Rōraito

Hello Tiamat,

Comme convenu, ton site est prêt, voici le lien :

www.lou-tiamat.com

Est-ce que tu peux vérifier que tout est bon ? Je me suis permis d'ajouter dans la galerie les derniers dessins que tu as postés sur le forum, je les trouve très aboutis.

La jeune fille clique aussitôt sur le lien, et découvre avec émerveillement la page épurée consacrée à son travail. Il y a sa fiche auteur, toutes ses illustrations et un formulaire de contact.

Tiamat

Eru, c'est absolument parfait !

Merci mille fois, tu n'imagines pas ce que cela représente pour moi !

Eru Rōraito

Si j'ai pu t'aider, c'est l'essentiel. Tu devrais aussi te créer un compte sur deviantART, ainsi qu'une page Facebook pro. Cela te permettrait d'accroître ton audience.

Lou s'exécute immédiatement. En quelques minutes, elle crée une page deviantART ainsi qu'une page « fan » Facebook sur lesquelles elle poste ses créations. Elle en profite pour suivre tous ses illustrateurs favoris.

Après quelques minutes, elle reçoit une notification indiquant qu'elle a reçu un premier « like » sur sa page professionnelle Facebook. C'est Sonia.

Lou sourit, ravie, puis retourne à sa conversation avec Eru.

Tiamat

Si je peux faire quoi que ce soit pour te remercier, dis-moi !

Eru Rōraito

Je l'ai fait pour rendre service à quelqu'un dont j'apprécie le talent, tu ne me dois rien.

Tiamat

Oui, bon, je n'allais pas te payer en nature, de toute façon. ;)

À peine a-t-elle appuyé sur « Entrée » que Lou regrette sa plaisanterie. Cela ne lui ressemble pas d'être si frontale, c'est plutôt le genre de phrase que Sonia aurait lancée pour mettre les pieds dans le plat.

Eru Rōraito

En effet, ce serait dommage de se rabaisser à la prostitution pour un simple site internet, d'autant plus que c'est un sujet qui secoue actuellement la société. À force de consommer de la pub, les femmes s'imaginent qu'elles n'existent plus que par le désir qu'elles peuvent inspirer. Je trouve cela malsain. C'est une plaisanterie de mauvais goût, tu vaux bien mieux que cela, Tiamat.

La jeune fille claque la langue, agacée par cette leçon de morale. C'était un simple trait d'humour et, comme d'habitude, le voilà qui se lance dans de grands monologues… Ce n'est pas encore ce soir qu'elle arrivera à instaurer une relation de séduction avec lui.

– Les pizzas sont arrivées ! clame sa mère depuis les escaliers.

La jeune fille ferme le forum mais laisse la page de son site internet à l'écran.

– Maman, tu peux venir deux secondes ? J'ai quelque chose à te montrer.

Des bruits de pas retentissent dans les marches, puis sa mère entre dans sa chambre. Lou s'écarte de l'écran pour lui permettre de voir la galerie de ses illustrations.

– C'est mon site internet, déclare-t-elle, et voici mes dessins.

Sa mère s'approche, regarde attentivement les illustrations que Lou fait défiler. Là, un paysage de montagne, ici, une jeune femme qui enlace un jeune homme, puis une sirène sur son rocher.

– Alors ? s'enquiert Lou.

– Tu as beaucoup progressé, admet-elle. C'est bien. Ça te prend beaucoup de temps ?

– Maman…

– Non, parce qu'il ne faut pas oublier le bac de français cette année.

– Je crois que, vu mon bulletin, il n'y a pas à s'inquiéter, non ?

Sa mère s'installe sur la chaise de l'ordinateur et déclare d'un ton grave :

– Tu sais, pour entrer en prépa, il faut d'excellents bulletins à tous les trimestres.

– Pour entrer aux Gobelins aussi, réplique Lou. Est-ce que tu vas finir par m'écouter ?

La jeune fille pointe du doigt ses illustrations sur l'écran, plus déterminée que jamais. Sa mère laisse échapper un profond soupir.

– Les voies artistiques sont précaires, Lou. Nous vivons dans une société très dure, avec les résultats que tu as ce serait du gâchis.

– Ce n'est pas parce que je suis bonne dans certaines matières que je les aime. Qu'est-ce qu'a dit le médecin, la semaine dernière ?

– Que tu allais beaucoup mieux et que tu n'avais plus besoin de médicaments, ce qui est une très bonne nouvelle.

– C'est grâce au dessin, maman. Pitié, dis-moi au moins que tu vas envisager les Gobelins comme une orientation possible.

Sa mère se lève, puis s'arrête sur le pas de la porte :

– Laisse-moi le temps d'y réfléchir.

AVRIL

SONIA

Ma chère Lou.
Merci.
Parfois, je peux mentir
et surtout me mentir à moi-même.
J'essaie d'être plus forte que je ne le suis.
À toi, j'ai pu tout dire.
Et je le peux encore aujourd'hui.

Nerveuse, Sonia fait les cent pas sur le quai de la gare, consulte son téléphone portable toutes les trente secondes.

Le moment est venu.

Elle va rencontrer Lou en chair et en os.

Enfin.

À cette idée, une boule se noue dans son ventre. Et si finalement, elles n'avaient rien à se dire ? Et si cette amitié ne tenait qu'à l'éloignement, au virtuel ?

Que fera-t-elle avec une parfaite inconnue durant trois jours ? Elle repousse ces sombres questions et se concentre sur des souvenirs positifs. Peter. Les belles journées qu'ils ont passées ensemble, les baisers échangés à la récréation, les longues discussions au parc.

Tout à coup, son portable vibre.

Un message.

Matthieu Fossey
Coucou So, petite pensée pour toi,
j'espère que la rencontre IRL se passera bien.

La culpabilité agrippe Sonia. Ces derniers temps, Matthieu et elle se sont éloignés. Elle fréquente de plus en plus Peter et sa bande de terminales, a déjeuné avec eux quelques fois car son ami lui a assuré que cela ne lui posait pas de problème. Elle aimerait l'intégrer à ce nouveau groupe, mais ignore comment. Brusquement, une idée la traverse.

Sonia Pradier
Tu fais quoi demain soir ?

Matthieu Fossey
Rien de spécial, je pensais remater la première saison de *Game of Thrones*, pourquoi ?

Sonia Pradier
Il y a une soirée chez Peter, j'y vais avec Lou, ça te dit ?

Matthieu Fossey
Mais oui !!! ☺

Sonia sourit, ravie du plan qui se dessine. Ainsi, elle n'écartera pas son ami d'enfance, et peut-être que ce dernier pourra sympathiser avec des terminales.

Soudain, un grondement monte depuis les rails, elle tourne la tête et aperçoit le train se rapprocher à vive allure. Elle recule alors que les wagons entrent en gare, faisant tourbillonner sa robe blanche. Cette fois-ci, le stress est à son comble. Elle range son téléphone et scrute les portes. Déjà, plusieurs personnes retrouvent les leurs ou filent d'un pas rapide. Sonia scrute le quai, le cœur battant à tout rompre.

C'est alors qu'elle l'aperçoit.

Une silhouette très svelte, vêtue d'un pantalon noir et d'une veste bleu marine cintrée, les cheveux bruns mi-longs, épais. La jeune fille descend en soulevant une grande valise.

– Lou ! s'exclame aussitôt Sonia.

Lou tourne la tête, puis esquisse un sourire timide. Sonia s'élance, court dans sa direction et, prise d'une flambée d'affection, la serre dans ses bras sans plus de cérémonie.

– Enfin ! murmure-t-elle à son oreille.

Son amie virtuelle lui rend maladroitement son étreinte, puis elles s'écartent pour mieux se contempler. La veste de Lou est rehaussée d'un col qui encadre un visage ovale moucheté de taches de rousseur. Les mauvaises habitudes sont tenaces : sa mèche traîne encore sur son front, dissimule un œil, en revanche ses lèvres en cœur sont soulignées d'un rouge foncé.

– Tu as suivi mes conseils maquillage, note Sonia avec fierté.

– Eh oui, tu es mon coach.

En disant cela, Lou baisse les paupières, tentant sans doute de dissimuler sa timidité. Cette fille est bien celle avec laquelle Sonia discute depuis six mois. À travers la webcam, elle s'est imprégnée de ses traits, du timbre de sa voix, mais la voir bouger lui donne l'impression d'être face à une parfaite inconnue qui saurait déjà tout d'elle.

– Mon père nous attend dans la voiture, dit Sonia, viens.

Elle tend la main pour proposer à Lou son aide pour porter sa valise, mais celle-ci refuse.

– Dis donc, tu as pris de quoi survivre pendant un mois, la taquine Sonia.

– C'est ma mère, répond-elle, embarrassée. Elle n'a pas voulu me lâcher, elle a ajouté je ne sais combien de fringues et de médicaments, de trucs « au cas où »…

– La Normandie, tu verras, ça n'a rien de bien dangereux.

Les deux jeunes filles traversent la petite gare de campagne et débouchent sur le parking. Le père de Sonia est garé en double file. Sonia ouvre le coffre, y met la valise, puis elles montent à l'arrière.

– Bonjour monsieur, fait Lou.

– Bonjour.

Les portières claquent, les adolescentes bouclent leur ceinture.

Le père de Sonia les observe avec bienveillance dans le rétroviseur.

– J'ai l'impression d'être un chauffeur de taxi…

– Mais papa ! sourit Sonia. Je n'allais pas laisser Lou toute seule…

– Oui, oui, je comprends.

La voiture s'engage sur les petites routes sinueuses. Lou tourne la tête vers la vitre et observe les collines verdoyantes défiler sous la lumière rasante du couchant. Sonia s'enfonce profondément dans la banquette arrière, ne sachant comment gérer ce long silence. Lou est-elle à ce point réservée ? Ou bien n'a-t-elle rien à dire ?

– Tu as fait bon voyage ? demande-t-elle.

Lou se tourne dans sa direction. Il y a chez elle une retenue permanente, comme si elle s'excusait d'être là, d'exister.

– Oui, c'était super, j'ai avancé la bande dessinée dans le train avec les éléments de scénario que tu m'as envoyés.

– Génial ! Tu me montreras ça tout à l'heure.

Son père ne cesse de leur jeter des coups d'œil dans le rétroviseur. Au bout d'un moment, il prend la parole tout en s'arrêtant à un stop.

– Lou, il y a des choses que tu ne manges pas ?

– J'aime tout sauf la betterave, répond celle-ci.

Sonia prend une expression catastrophée.

– Mince ! Papa a justement préparé une salade de betteraves pour ce soir !

Le visage de Lou se décompose tant que Sonia culpabilise immédiatement. Elle pose sa main sur celle de son amie et s'exclame :

– Je blague, je blague ! Je le savais, je l'ai lu dans ton profil sur *Trames.*

– Ouf, je me serais sentie mal…

Les deux jeunes filles rient. Soudain, l'ambiance s'est détendue, la bulle de malaise a éclaté.

Une dizaine de minutes plus tard, la voiture se gare dans la cour. Le père de Sonia s'empare de la valise de Lou. Leur entrée dans la maison a lieu sous les regards ronds et scrutateurs des persans perchés sur les arbres à chat.

– Waouh ! s'exclame Lou. Il y a combien de chats ?

– Six, répond Sonia, les chatons sont partis la semaine dernière.

La porte de la salle à manger s'ouvre sur sa mère, qui sort manifestement de la douche à en juger par la serviette de bain enroulée autour de sa tête.

– Ah, voilà la petite Lou ! s'exclame-t-elle avec entrain. Tu aimes bien les animaux, au moins ?

Cette simple question est le mot de passe pour être accepté dans la maison.

– Oh oui, j'aurais adoré avoir un chat si ma mère avait accepté…

– Tu veux dire que tu n'as pas eu le droit d'en avoir ?

– Maman, intervient Sonia, tout le monde n'a pas forcément envie de prendre cette responsabilité.

– Quand même ! C'est terrible d'être privé d'animaux quand on est enfant ! Je le sais très bien pour l'avoir vécu !

Sonia donne un petit coup de coude à son amie.

– Tu vois ce qui t'attend.

Elle pouffe dans sa main tandis que Lou n'ose pas rire, ne voulant pas froisser la maîtresse des lieux. Après quelques instants, cette dernière reprend :

– Au fait, Lou, ta mère n'a pas arrêté d'appeler pour savoir si tu étais arrivée, elle a dit que tu ne répondais pas à ton portable…

– Oh non, elle ne peut pas me laisser tranquille ?

Les jeunes filles passent dans la chambre de Sonia, qui se situe au rez-de-chaussée. Pour l'occasion, son père a déjà déplié le lit de camp sur lequel se trouvent des couvertures et un oreiller.

Lou appelle sa mère pour la rassurer puis elles déballent leur matériel : ordinateur portable pour Sonia, feuilles et crayons pour Lou. L'apprentie scénariste découvre les premières planches de leur bande dessinée commune qui s'intitule provisoirement *Trames jumelles*, et met en scène leurs vies croisées.

– Alors ? demande Lou.

– J'aime bien le découpage que tu as fait au moment où on découvre nos classes respectives. Maintenant, il faut que j'écrive la suite, je bloque un peu.

– Tu sais, je repensais au festival d'Angoulême, à Boulet… On n'est peut-être pas obligées de partir sur un format BD classique.

Le regard de Sonia s'illumine.

– Mais oui ! Des strips ! Un blog BD !

Elles reprennent tout à zéro, Sonia repense la narration afin de créer des histoires très courtes et indépendantes, mais tenues par un fil conducteur : leur amitié et leurs vocations. Voir Lou donner aussitôt corps à ses idées la fascine. La jeune fille manie le crayon avec dextérité et application, et bientôt le premier strip naît.

Après quelques heures, lorsque Sonia contemple le fruit de leur travail, elle se sent profondément heureuse. L'excitation court dans ses veines, la joie de tous les possibles qui se dessinent. Que Lou soit présente à côté d'elle, motivée et investie, lui donne l'impression que leur rêve est à portée de main.

Le grondement de leurs estomacs les ramène à des préoccupations bassement matérielles. Elles n'ont pas vu le temps passer, et il est déjà vingt et une heures.

– On n'a pas raté le dîner, au moins ? s'inquiète Lou.

– Oh non, il n'y a rien à rater, chacun mange quand il veut. J'ai faim, et toi ?

– Moi aussi.

Elles quittent la chambre et traversent le salon. La mère de Sonia est assise sur le canapé, cernée par deux chats, l'un blanc moucheté de beige, l'autre gris. Elle mange, son assiette sur les genoux, l'attention rivée sur la télévision fixée au mur.

– Qu'est-ce qu'il y a pour dîner ? demande Sonia.

– Je termine le poulet, mais vous pouvez vous faire des pâtes.

Sonia ouvre le frigo, inspecte son contenu, puis tord la bouche.

– Pfff, il n'y a pas grand-chose, je leur avais demandé de faire des courses pourtant…

Elle se tourne vers Lou et remarque son expression étonnée.

– Vous ne dînez jamais ensemble ?

– Non, enfin si, à Noël ou aux anniversaires. Sinon, chacun mange comme il veut.

– C'est top ! s'exclame Lou.

Sonia hausse les épaules en empoignant un pot de sauce au pesto.

– Mouais, je ne trouve pas, moi. C'est comme si on vivait chacun nos vies sans se croiser. Merci la famille.

– Crois-moi, je paierais cher pour manger ne serait-ce qu'une fois seule dans mon coin…

– J'imagine qu'on veut toujours ce qu'on n'a pas, sourit Sonia.

En dix minutes, les pâtes sont prêtes. Elles prennent leurs assiettes et filent dans la chambre de Sonia. Elles dînent assises en tailleur sur leurs lits, en reprenant leur projet. Vers vingt-trois heures, le père de Sonia toque à la porte.

– Oui, entre !

Il passe sa figure mal rasée mais souriante par l'entrebâillement.

– Tout va bien ? Vous avez mangé ?

– Oui, répond sa fille.

– Vous n'avez besoin de rien ? J'ai récupéré quelques films grâce à des collègues, je peux vous passer mon disque dur externe…

– Ça va aller, merci papa, on va se coucher.

– Bonne nuit alors !

Quand il referme la porte, Lou pousse une exclamation émerveillée.

– Ton père est tellement sympa et attentionné ! Il a l'air super jeune en plus ! Si seulement le mien était pareil…

Sonia s'adosse au mur puis fixe le plafond peint en bleu, rêveuse.

– Oui, mon père est super. Il fait tout à la maison : le ménage, la cuisine…

– Quel est son métier ?

– Il est régisseur lumière dans des théâtres parisiens. Parfois, il part une semaine ou deux, bosse à fond, puis rentre à la maison. Quand j'étais petite, je restais des heures à la fenêtre à guetter le moment où je verrais la voiture arriver…

Elle resserre les bras autour de son ventre, imprégnée par les souvenirs.

Elle n'est plus une petite fille désormais. Sa vie n'est plus une succession de parties de Pokémon ou de constructions de Playmobil. À présent, son quotidien se décline selon ses notes, l'écriture, son meilleur ami et les garçons.

– Et ta mère ? demande Lou.

Brusquement, l'humeur de Sonia s'assombrit.

– Elle gère son élevage de chats. Ça l'occupe et ça lui évite d'admettre qu'elle est mère au foyer.

– C'est original comme modèle familial. Ton père qui bosse et qui s'occupe de la maison. Vive la modernité !

– Je n'en sais rien. Ma mère adore se cacher derrière des excuses féministes. « Pourquoi ce serait aux femmes de faire le ménage ? Pourquoi ce serait aux femmes d'apprendre à cuisiner ? Pourquoi ce serait à la mère de tout gérer ? » Sur le principe, je suis d'accord, sauf que quand tu mets ses activités bout à bout, elle ne s'occupe finalement que de ses chats. Elle leur parle, les cajole, s'inquiète pour eux. Si seulement elle pouvait m'accorder le quart de l'attention qu'elle leur consacre…

Sonia reprend son souffle. Elle ne sait pas pourquoi son ressentiment s'est déversé, là, sans crier gare. Elle se sent ridicule d'éprouver de la jalousie envers les boules de poils de la maison. Penser à sa mère lui fait monter les larmes aux yeux. Lou vient s'asseoir à côté d'elle, l'air préoccupée.

– Hey, dit-elle en posant une main réconfortante sur son épaule.

Sonia prend une grande inspiration. Elle ne doit pas pleurer. Non. Surtout pas.

Rien ne lui est plus douloureux que de montrer sa faiblesse.

– Je suis sûre que ta mère t'aime énormément, continue Lou.

– Tu parles !

C'est sorti tout seul, encore une fois. À l'expression chagrinée de Lou, Sonia comprend à quel point ses propos sont durs, pourtant c'est ce qu'elle ressent là, tout au fond d'elle.

– On vit sous le même toit, oui, continue-t-elle, elle est tout le temps là, mais c'est comme si j'étais seule. Elle se fiche totalement de moi, c'est à peine si elle sait en quelle classe je suis. Ne parlons pas du fait que j'écrive, elle prend ça comme une lubie passagère.

Jamais elle ne m'a proposé de lire ce que j'écris, jamais, alors que je parle tout le temps de devenir écrivain.

– Elle est peut-être dans son monde ? suggère Lou.

– Ah ça ! Dans une réalité alternative, oui. Quand j'étais petite et que papa travaillait à Paris, tu pouvais être sûre qu'il y avait toujours une enfant seule sur le parking de l'école, quand tout le monde était parti. Moi. Je me souviens de cette angoisse. Celle de voir les autres enfants enlacer leurs parents, puis partir peu à peu, alors qu'aucune voiture n'arrivait pour moi. La maîtresse me prenait la main, l'air aussi désolée qu'énervée, et prononçait cette horrible phrase : « Ne t'inquiète pas, ta maman a juste dû t'oublier comme la dernière fois, on va l'appeler. »

Sonia sèche énergiquement ses larmes. Elle ne sait pas pourquoi sa rancœur jaillit. Elle n'a jamais raconté cela à quelqu'un d'autre que Matthieu. Lorsqu'elle rive son regard dans celui de Lou, elle remarque que son amie est bouleversée.

– C'est très triste, murmure Lou.

Sonia essuie son nez à l'aide de la manche de sa jolie robe, puis se regarde dans le miroir en forme de soleil posé sur sa table de chevet. Ses joues sont sillonnées de mascara.

– Je suis immonde, soupire-t-elle.

– Ne dis pas n'importe quoi ! s'exclame Lou. Tu es tellement belle !

– Mouais, marmonne-t-elle. J'ai oublié de préciser que si ma mère ne s'intéresse pas à ma vie, par contre elle est obsédée par mon physique. Avant, c'était les dents – merci l'orthodontiste – maintenant, c'est mon teint trop pâle. D'après elle, si je veux plaire aux garçons, il faudra faire plein d'efforts. Bonjour l'indépendance et le féminisme.

Lou a du mal à croire que la femme qu'elle a croisée tout à l'heure, si sympathique et lunaire, soit capable de telles réflexions.

– Tu as une peau de blonde, c'est normal. Et puis, ça ne t'empêche pas d'avoir du succès, non ? Tu as un mec super, qui t'aime…

Sonia clôt les paupières pour bannir définitivement la peine, renier cette fêlure maternelle. Quand enfin tout sanglot a déserté sa voix, elle reprend :

– En parlant de Peter, on est invitées demain à une soirée chez lui. Ça te dit ?

Lou se fige, puis répond d'un ton hésitant :

– Hum, oui, pourquoi pas ? Quel genre de soirée ?

– Je sais pas trop, on le découvrira en arrivant. Il y aura aussi mon ami Matthieu.

– J'ai hâte de le rencontrer.

Sonia se lève, ouvre la grande armoire près de son bureau et sort un long tee-shirt qui fait office de pyjama.

Les deux jeunes filles passent à la salle de bains, se lavent les dents, puis vont se coucher.

Une fois la lumière éteinte, la grande fenêtre leur offre une vue imprenable sur la canopée des arbres et le ciel sombre où trône une lune pleine et immaculée. Sonia s'enroule dans sa couette comme pour se former un cocon protecteur. Elle place ses mains sous sa joue, puis des pensées négatives frôlent sa conscience, la harcèlent.

Il y a ce mensonge.

Ce mensonge qui lui pèse depuis un an.

Elle a ouvert une vanne, tout coule ce soir.

– Lou ?

– Quoi ? répond-elle.

Sonia prend une profonde inspiration. L'obscurité est l'écrin parfait pour les confidences. Lou est capable de tout entendre, oui, elle le sent.

– Je voudrais te dire quelque chose…

– Vas-y.

– C'est un secret. Même Matthieu ne sait pas.

Des bruissements de drap se font entendre, signe que Lou s'est rapprochée.

– En fait…

Sonia se ravise.

– Oui ? insiste Lou, avec une intonation gorgée de douceur.

– Je ne l'ai jamais fait.

Après un temps d'arrêt, son amie s'assure :

– Tu n'as jamais fait l'amour ?

– Non.

– Mais alors pourquoi tu m'as dit le contraire sur Facebook, l'autre jour ?

– Parce que tout le monde le pense au lycée. Parce que c'est aussi ce que j'ai dit à Matthieu l'année dernière, après une soirée avec mon ex-copain, Thomas. Il m'a demandé un compte rendu sur la nuit, et je ne sais pas pourquoi, je n'ai pas réussi à dire la vérité. Sans doute parce que je suis trop fière.

Long silence, seulement troublé par le hululement d'une chouette au-dehors.

– Tu m'en veux d'avoir menti ? demande Sonia.

– Non, ce n'est pas très grave. Et du coup, avec Peter ?

Sonia se pelotonne dans sa couette.

– J'espère qu'il sera mon premier, susurre-t-elle.

LOU

Les premières fois ne sont jamais comme on les imagine.
C'est ce que j'ai appris, ce jour-là, avec toi
Si tu ne m'avais pas ouvert la porte de ton monde,
j'ignore quand j'aurais appris à m'amuser.

Lou trouve Sonia plus belle en réalité que sur un écran. Elle a un visage fin animé par de grands yeux pétillants, de longs cheveux blonds brillants dignes d'une publicité pour un shampoing. Elle sourit et rit tout le temps, comme si rien n'était grave, comme si rien ne pouvait l'atteindre. Lou l'a trouvée si charismatique lorsqu'elle l'a vue sur le quai, la veille. À l'aise, dans son élément.

Au début, Lou s'était demandé ce qu'elle faisait dans ce train, puis en Normandie. Pour Sonia, tout paraissait sonner comme une évidence, alors que Lou a trouvé cette rencontre un peu laborieuse, pleine de silences impossibles à meubler.

Heureusement, une fois qu'elles ont travaillé sur leur projet commun, le malaise s'est dissipé. Sonia dégage une aura, un magnétisme, qui donnent envie de faire partie de sa vie, de ne jamais en sortir.

Quand son amie lui a confié des détails sur son enfance et sur sa mère, lui a avoué qu'elle était encore vierge, Lou n'en a pas cru ses oreilles. Toute cette lumière pour éblouir et cacher tant de ténèbres, tant de douleur.

Aujourd'hui, alors qu'elles travaillent sur la table du jardin, à l'ombre d'un marronnier en fleurs, elle a du mal à occulter les paroles échangées cette nuit. Jamais Lou ne s'est sentie aussi proche de quelqu'un, et elle sait que c'est réciproque. Finalement, Sonia et elle ne sont pas si différentes, loin de là. Elles devaient bien avoir quelque chose en commun pour s'investir autant dans leurs passions. Une déchirure. Un moteur.

– Qu'est-ce que tu mets, ce soir ? demande subitement Sonia.

– Je t'avoue que je n'ai pas apporté de tenue spéciale…

Et à vrai dire, Lou n'a rien de très festif dans sa valise. L'idée d'aller à une soirée avec des inconnus plus âgés qu'elle ne l'enchante guère. Néanmoins, elle sait que ce sera impossible d'y couper.

– Je te prêterai des vêtements, ne t'en fais pas.

Après une après-midi de travail, elles admirent le résultat : déjà quatre planches de crayonnés. Lou n'aura plus qu'à les scanner chez elle, à les encrer puis à les coloriser.

Une fois le soleil disparu, la fraîcheur du soir les gagne rapidement et elles s'installent sur la table basse du salon, vaste pièce au papier peint défraîchi agrémenté de trois arbres à chat multicolores d'un goût douteux.

Si la mère de Lou voyait la maison de Sonia, elle la jugerait en désordre et mal entretenue. Ici, c'est la lutte quotidienne contre les poils de chats qui s'accrochent partout. Sans parler de l'agencement des pièces d'un illogisme troublant. La chambre de Sonia se situe au rez-de-chaussée, près du salon et de la cuisine. À l'étage se trouvent la chambre des parents et une salle de jeux où s'entassent des objets insolites – une vieille batterie au tambour troué, un ordinateur hors service, un baby-foot et des caisses débordant de jouets. Pour accéder à l'escalier, il faut traverser la salle de bains.

En prenant sa douche ce matin, et donc en verrouillant la porte, Lou a coupé momentanément l'accès du rez-de-chaussée au père de Sonia qui avait fait la grasse matinée. Une situation tout aussi gênante que le persan blanc installé sur le panier de linge sale, qui la fixait quand elle était sous le jet d'eau.

Même si cet endroit chamboule les habitudes de Lou, elle l'affectionne. Il est la preuve que l'on peut être adulte sans devenir maniaque du ménage ou avoir pour objectif d'améliorer sa maison des derniers meubles à la mode. Ici, la vaisselle est dépareillée, les étagères en planches de bois varié, des affaires traînent sans que ce soit un scandale.

Lorsque vient l'heure de dîner, Sonia et Lou réchauffent un plat au micro-ondes. Le repas englouti, elles se rendent dans le salon, où se trouve la mère de Sonia, engoncée dans un gros pull en laine, ses boucles cascadant sur ses épaules.

– Maman, il y a une soirée chez un copain ce soir, on peut y aller ?

Sa mère l'écoute distraitement tout en caressant l'un des chats. Cette vision que Lou trouvait si amusante la veille la met mal à l'aise à présent que son amie s'est confiée à elle.

– Oh oh. Un copain ou ton copain ?

– Mon copain, avoue immédiatement Sonia.

Sa mère délaisse enfin le gros persan qui ronronne bruyamment.

– Il s'appelle comment ? Il a quel âge ?

– Peter. Il a dix-huit ans.

– Ah, tu as bien raison, il faut en profiter. À ton âge, je sortais tous les soirs, je fuguais même pour aller en boîte de nuit. Enfin, c'était une autre époque, la liberté totale des corps. Maintenant, il y a le sida…

Lou ne peut s'empêcher d'être attendrie par ce curieux personnage qu'elle se figure comme une adolescente frivole et révoltée s'étant transformée en mère de famille obsédée par les animaux.

– C'est à vingt et une heures à Mortagne, poursuit Sonia, imperturbable, tu pourras nous y emmener ?

– Hum…

Sa mère regarde autour d'elle comme pour brusquement chercher quelque chose à faire.

– Il n'y a pas un train ? Un bus ?

Sonia croise les bras, manifestement agacée.

– Non, pas pour Mortagne.

– Et Matthieu, il y va ? Ses parents ne peuvent pas vous emmener ?

– Maman ! Ça fait au moins dix fois que ses parents font le chauffeur pour moi, c'est un peu notre tour, non ?

Toute jovialité déserte aussitôt sa mère.

– Eh bien justement, on n'est pas au service des enfants ! Il y en a marre de faire la navette en permanence !

– OK, génial, laissons tomber.

Sonia fait signe à Lou de la suivre. La jeune fille adresse un geste d'excuse à la mère, puis calque son pas sur celui de son amie qui grimpe les escaliers à vive allure et entre dans la salle de jeux, où son père assis dans un fauteuil en osier examine la vieille batterie.

– Papa, dit-elle de but en blanc, maman ne veut pas nous emmener à la soirée de Peter, car comme d'habitude elle a la flemme. Est-ce que tu veux bien nous y conduire ?

– Où est-ce ? demande-t-il en observant les cymbales.

– Mortagne, il faut qu'on soit parties dans une heure.

– Oui, pas de problème.

– Merci papa chéri !

Elles retournent dans la chambre de Sonia pour se préparer. L'armoire est grande ouverte sur une succession de robes chatoyantes suspendues à des cintres. La mallette de maquillage est sortie. Sonia s'empare de plusieurs tenues, les jette sur son lit sans ménagement. Lou admire cette débauche de tissus passant par toutes les couleurs de l'arc-en-ciel.

– Prends ce que tu veux, l'invite son amie.

Lou s'approche, touche les tissus du bout des doigts. Sonia a déjà ôté son jean et son haut pour enfiler une robe ocre près du corps, soulignée par des sequins brillants au niveau de la taille.

– Tu en penses quoi ?

– Ça te va très bien, dit Lou. Moi, je ne sais vraiment pas quoi choisir…

Sonia la couve d'un œil expert, puis lui tend une jupe noire taille haute ainsi qu'un chemisier blanc pourvu de légères dentelles sur les manches.

– Ce n'est pas trop mon genre, avoue la dessinatrice.

– Justement, insiste son amie, ce soir tu n'es pas la même. Allez !

L'enthousiasme de Sonia la gagne. Elle se déshabille à son tour, mettant de côté sa pudeur obsessionnelle, puis passe la tenue.

Lorsqu'elle s'avance vers le miroir à pied près de l'armoire, elle en a le souffle coupé. L'ensemble lui donne une ligne renversante.

– Tu es une BOMBE ! s'exclame Sonia. Crois-moi, ça va nous faire des aventures à ajouter à notre blog BD.

Lou affronte de nouveau son reflet. Elle s'est toujours bien gardée de mettre les pieds dans les soirées organisées par les élèves de sa classe. À ce niveau-là, elle se sent profondément retardée. Elle n'a bu de l'alcool qu'à Noël, en famille, et n'a jamais raffolé du goût agressif du vin ou du pétillement du champagne. Quant à danser… Elle préfère ne pas y penser de peur de reculer.

Sonia accroche de longues boucles dorées à ses oreilles, puis se maquille. Tandis qu'elle recourbe ses cils d'un geste assuré, Lou se sent démunie face à la palette de fards à paupières. Sentant sa détresse, Sonia termine de se préparer, puis la maquille à son tour. Au moment où elle dessine un fin trait d'eye-liner, on frappe à la porte.

– Qui est-ce ?

– Maman.

– Qu'est-ce qu'il y a ?

Sa mère entre sans attendre l'autorisation et dépose des préservatifs sur le bureau, près de l'ordinateur portable.

– Au cas où, pour ce soir, dit-elle comme si aucune dispute n'avait eu lieu. C'est important de se protéger.

Lou imagine sa propre mère assister à cette scène, et sent un fou rire la gagner.

– Merci maman, fait Sonia, radoucie.

– Profitez bien de votre soirée !

Elle referme la porte. La jeune fille empoigne les préservatifs et les fourre dans son sac à main. Après quelques dernières retouches, elles sont prêtes et retrouvent le père de Sonia dans la voiture. Ils roulent au cœur des routes de campagne ténébreuses. Sonia envoie des rafales de SMS depuis son téléphone portable, seule source de lumière dans le véhicule.

Une demi-heure plus tard, ils arrivent devant une propriété protégée par de hauts murs et un large portail en fer forgé. Derrière les frondaisons des tilleuls, on aperçoit une grande maison à la façade en pierres. Le père de Sonia émet un sifflement admiratif.

– Bel endroit… Je viens vous chercher à quelle heure ?

– Je t'appelle demain matin ? fait Sonia.

– OK, amusez-vous bien.

– Merci encore papa.

Lou et Sonia descendent. La voiture fait demi-tour, les faisceaux des phares balayent un instant l'allée de graviers. Le brouhaha lointain de la musique et des conversations atteint leurs oreilles. Peter fait son apparition, leur ouvre le portail. Grand et mince, les cheveux noirs en bataille, son visage anguleux a un effet répulsif sur Lou. Ce garçon n'a rien d'extraordinaire, si ce n'est son style. Sonia bondit aussitôt dans ses bras et il l'enlace avant de l'embrasser goulûment. Lou se détourne, ne sachant quoi faire ou quoi regarder. Après une minute qui lui paraît interminable, Sonia se détache enfin de lui.

– Voici Lou, l'amie dont je t'ai parlé.

– Enchanté, Lou. Allez, suivez-moi, la soirée a déjà commencé.

Elles lui emboîtent le pas à travers le jardin, suivent le rougeoiement de sa cigarette dans la nuit. Sonia glisse sa main dans celle de son amie et lui presse doucement la paume. Lou sait que c'est un encouragement.

Des rectangles de lumière s'allongent sur la pelouse, projections de la lumière des fenêtres. La musique assourdissante semble faire vibrer les murs massifs. Peter pousse une lourde porte et les invite à entrer.

– Mes parents sont partis une semaine à Londres ! clame-t-il pour couvrir le son.

Deux garçons au pas chancelant les contournent pour atteindre la cuisine. Sonia et Lou déposent leurs sacs et leurs manteaux dans le vestibule, puis passent dans l'immense salon doté d'un plafond vertigineux traversé par des poutres apparentes. Une cinquantaine de personnes occupent l'espace. Au centre, certains se déhanchent fiévreusement près des enceintes qui déversent la musique entêtante. Un groupe assis en tailleur sur un tapis partage un pack de bière. D'autres ont pris d'assaut les tables couvertes de victuailles : saladiers remplis de punch, chips, olives, gâteaux et cupcakes mis à disposition près d'assiettes en carton.

Sonia regarde autour d'elle, un large sourire aux lèvres.

– Ça va être parfait, souffle-t-elle.

Soudain, trois filles se penchent depuis la rambarde du grand escalier qui court le long du mur.

– Peter ! appellent-elles en chœur.

Il les aperçoit et agite la main.

– On a besoin d'aide en haut !

Il se tourne vers Sonia et pose un baiser sur ses lèvres.

– J'en ai pour deux minutes.

Lou remarque aussitôt l'éclat incendiaire qui passe dans les yeux de son amie.

– C'est qui, ces nanas ? demande-t-elle.

– Des filles de la classe de Peter, répond Sonia avec un détachement feint. Ils traînent souvent ensemble.

Tout à coup, deux mains se posent sur les yeux de la jolie blonde. Elle se retourne et enlace le jeune homme à qui elles appartiennent en poussant un cri de joie. Enfin un beau garçon, songe Lou. De taille moyenne, ses traits et son regard clair ont une douceur rassurante.

– Matthieu, voici Lou.

– Sonia n'arrête pas de me parler de toi ! clame-t-il. Ce chemisier te va très bien.

– Merci, sourit-elle.

Sonia et Matthieu véhiculent la même joie de vivre, peut-être parce qu'ils se connaissent depuis longtemps.

– Eh bien, c'est la réunion des populaires du lycée, commente-t-il en regardant autour de lui.

– Maintenant que tu es là, la soirée peut vraiment commencer, décrète Sonia. Trouvons à boire.

Le trio circule et s'approche des saladiers de punch. Matthieu déniche trois verres en plastique et sert les deux filles. Lou tape du pied au rythme de la musique pour se donner une contenance et fait comme tout le monde : elle boit. Derrière le goût des fruits se cache une seconde saveur forte, plus âpre, mais le mélange est assez sucré pour être appréciable.

Au fil des verres, Lou devient plus sereine, sent ses barrières tomber. Ils parlent de tout et de rien. Du projet du blog BD. Des épreuves anticipées du bac qui approchent. De la mère de Sonia qui n'a pas voulu les accompagner ce soir.

– Arrête de t'énerver contre elle, soupire Matthieu. Ta mère est super cool.

– Ah ça, oui, elle est ouverte d'esprit, poursuit Sonia avec hargne. Elle me pose des questions sur les mecs au lycée, m'achète des préservatifs… mais ça, c'est ce que font les amis ! Et j'ai déjà des amis ! Je voudrais une mère qui joue un rôle de mère. Une mère… normale.

– Il n'y a pas de parents normaux, déclare le jeune homme.

Sonia ne cesse de jeter des coups d'œil en direction des escaliers. Lou comprend vite d'où vient la colère de son amie : Peter n'a toujours pas reparu.

– Qu'est-ce qu'il fait, depuis tout ce temps ? demande Matthieu.

– J'en sais rien, mais on s'en fout ! Asseyons-nous quelque part.

Le jeune homme remplit à nouveau leurs verres et ils s'installent à même le sol. Lou essaye de trouver la meilleure position malgré sa jupe.

– Jouons à action-vérité ! décrète Sonia.

Matthieu se penche sur Lou et lui chuchote :

– C'est son jeu préféré…

La jeune fille hume le parfum subtil du jeune homme et ressent tout à coup une violente attirance envers lui. Elle réprime aussitôt cette pulsion irrationnelle. Est-ce à cause de l'alcool ?

Quoi qu'il en soit, c'est la meilleure. Pour une fois qu'elle a un crush sur un garçon, il faut qu'il soit homosexuel.

– Je commence, dit Sonia. Matt, action ou vérité ?

– Vérité.

– Tu n'es pas drôle…

– J'ai le choix, oui ou non ?

Sonia réfléchit quelques instants, puis questionne :

– Que penses-tu de Lou ?

Il se tourne vers la concernée, qui plonge le nez dans son verre pour dissimuler son trouble.

– C'est une jolie fille, qui a l'air intelligente et sympa. Il faut juste qu'elle prenne confiance en elle. Ah, et je crois que les cheveux courts lui iraient bien.

– J'en prends note, fait Lou.

Enfin, Peter descend les escaliers. Le visage de Sonia se détend aussitôt. Il se dirige vers leur groupe et s'installe en tailleur près d'elle.

– Désolé, dit-il, Tiphaine et Laura se sont embrouillées.

– Elles ne peuvent pas gérer leurs affaires toutes seules ? demande Sonia en prenant une gorgée de punch.

– Bien vu. Vous faites quoi ?

– Action ou vérité, déclare Matthieu.

– Waouh, retour au collège ! s'exclame Peter. Je peux jouer ?

– Bien sûr, répond Sonia, ravie. C'est au tour de Matthieu.

L'attitude de ce dernier a changé à l'arrivée du terminale. Il paraît plus distant.

– Peter, lance Matthieu, action ou vérité ?

– Action.

– Apporte-nous une nouvelle tournée de punch.

Le jeune homme sourit, détendu.

– Eh bien, c'est mignon comme action. Je reviens.

Il s'approche de la grande table pour s'exécuter. Évidemment, il est abordé par nombre d'invités entre-temps.

Tous ont l'air plus âgés, très sophistiqués. Lou ne regrette pas ce choix vestimentaire, elle aurait eu l'impression de détonner, sinon.

Quand Peter les rejoint, tous quatre trinquent.

– À mon tour, dit leur hôte. Sonia, action ou vérité ?

– Vérité.

– Avec combien de mecs as-tu déjà couché ?

Lou retient son souffle et fixe intensément son amie. Celle-ci conserve son air mutin.

– Deux, répond-elle tout bas.

– Ah bon ? s'étonne Matthieu. Et avec Jérémy, l'année dernière ?

– On n'est pas allés jusque-là, dit-elle calmement.

– Je l'aurais juré, pourtant.

Il tourne la tête vers Peter et ajoute :

– Je connais So depuis la sixième. C'est une croqueuse d'hommes. Déjà à l'époque, elle avait au moins trois prétendants par classe.

Le musicien fronce les sourcils, sans doute n'apprécie-t-il pas l'étalage des ex petits amis de Sonia.

– Et toi ? questionne-t-il. Tu n'es jamais tombé amoureux d'elle ?

– Je l'aime, mais c'est on ne peut plus platonique. Je suis gay.

Tandis que Matthieu dresse le menton, fier d'assumer sa sexualité dans cette soirée réunissant le gratin du lycée, Sonia et Lou échangent un long regard douloureux. Toutes deux savent qu'elle s'est enfoncée davantage dans ses mensonges.

Leur petit jeu est interrompu par *I'm sexy and I know it* de LMFAO. Lou déteste cette chanson commerciale ridicule mais, elle ne saurait dire si c'est à cause du punch ou de l'ambiance, elle se met à battre le rythme de son pied. Sonia pousse un cri hystérique et fonce au centre de la salle en compagnie de Peter, où une vingtaine de lycéens se déchaînent. Lou et Matthieu se retrouvent tous deux, leurs gobelets à la main.

– Tu penses quoi de Peter ? demande-t-il en criant pour se faire entendre.

– Il est… cool.

– Tu trouves vraiment ?

Ils échangent un sourire complice, puis Lou éclate de rire.

– Bon, OK, il est sympa, mais un peu prétentieux.

– On est d'accord, sans parler de sa tendance à passer son temps avec les groupies de sa classe. *He's sexy and he knows it.* So mérite mieux. Elle peut avoir qui elle veut.

Lou sent une brusque chaleur lui monter aux joues. Sans doute commence-t-elle à être un peu ivre. L'idée de perdre le contrôle la tétanise, mais la présence de Matthieu gomme la peur.

– Viens, allons ailleurs.

Ils passent devant Sonia et Peter qui dansent de façon très rapprochée, puis gravissent les escaliers jusqu'à un large couloir blanc. Matthieu ouvre une première porte, découvre un couple en train de s'embrasser sur un lit et la referme aussitôt.

Ils trouvent enfin un coin tranquille au bout du corridor et s'installent sur le canapé qui fait face à un billard américain. Matthieu lui parle des types qui se moquent de lui dans sa classe, de l'importance de son amitié avec Sonia, de son impatience à quitter une bonne fois pour toutes le lycée. Lou évoque son mal-être scolaire, du fait qu'elle n'avait envie de se lier à personne jusqu'à maintenant. L'alcool a définitivement banni sa retenue.

– Tu n'as jamais embrassé un garçon ? s'étonne Matthieu.

Lou fait tourner son index autour du rebord de son verre, un peu triste.

– Non, jamais. Il y a bien un mec qui m'intéresse, mais il est du genre… loin. Distant.

– Les premières fois, on en fait tout un plat, mais est-ce si important ?

– Je n'en sais rien.

Lou pense tout à coup à Sonia et se demande comment elle gère avec Peter.

– L'idéalisation tue les vrais bons moments, déclare-t-il en brandissant son gobelet. Il faut vivre, expérimenter, tester. Tant pis si c'est nul ou imparfait.

– Tu as raison.

Sans crier gare, il se penche sur elle. Lou écarquille les yeux, mais n'a pas le temps de se dégager. Les lèvres de Matthieu se posent sur les siennes, puis sa langue s'aventure dans sa bouche. Il a le goût amer de la bière, mais ce n'est pas désagréable. Puis il se recule doucement et lui adresse un clin d'œil.

– Voilà, comme ça, c'est fait, on n'en parle plus. Et je ne serai jamais le salaud qui te fera pleurer, jamais.

Lou porte la main à ses lèvres, comme pour retenir ce baiser déjà évaporé.

– Merci, dit-elle, émue.

Matthieu l'attire contre lui, puis la serre très fort. Elle lui rend son étreinte en poussant un soupir de soulagement, un soupir si grand qu'il semblait coincé en elle depuis une éternité.

Elle savoure ce contact physique, s'en imprègne. Qu'il est bon de sentir une autre peau contre la sienne.

Des bruits de pas retentissent dans l'escalier. Les lycéens brisent leur étreinte. Un jeune homme s'avance jusqu'à eux, plutôt mignon avec ses lunettes à la monture rectangulaire et sa chemise à carreaux.

– Matthieu ? fait-il avec hésitation.

– Euh, oui…

– Je m'appelle Robin. Je suis le cousin de Peter. Il m'a dit qu'on pourrait s'entendre toi et moi. Tu danses ?

Le message est clair. Matthieu se tourne vers Lou, qui lui fait signe d'y aller.

– Tu nous rejoins en bas ? dit-il.

– Oui, assure-t-elle, j'arrive dans cinq minutes.

Ils disparaissent dans les escaliers tandis que Lou se laisse tomber en travers du canapé, partagée entre l'euphorie et la lassitude. Même si ce moment passé était excitant, vivifiant, elle est encore celle qui se retrouve seule pendant que les autres forment un tandem. Peu à peu, la fatigue la gagne et elle s'endort, bercée par la musique.

C'est une main sur son épaule qui la réveille, quelques heures plus tard. Un rayon de soleil filtre déjà à travers les larges rideaux. Sonia se penche sur elle. Son maquillage n'est plus de la première fraîcheur, pourtant elle reste jolie.

– Enfin, je te retrouve !

Lou se redresse en frottant ses paupières ensommeillées.

– Tu n'as pas demandé à Matthieu où j'étais ?

– Il a disparu avec le cousin de Peter.

Elle s'assoit à côté d'elle et étend ses jambes. Son collant noir est filé.

– Je n'ose pas enlever mes chaussures, murmure-t-elle à voix basse, j'ai tellement dansé, j'ai peur de puer des pieds. Je sais, un grave problème existentiel...

Les deux jeunes filles rient. Sonia pose la tête sur l'épaule de Lou, puis ferme les yeux.

– Mon père va arriver dans une demi-heure. Il ne faut pas s'endormir d'ici là.

– Il est quelle heure ?

– Onze heures. Tu as passé une bonne soirée ?

Les souvenirs éclatent. Son premier baiser sur le cuir mou du canapé.

– Une très bonne soirée, So. Merci encore pour tout.

MAI

SONIA

Je suis une chasseuse.
Une collectionneuse de passions.
Un garçon en balaye un autre.
Cette accumulation d'expériences est la matière de mon écriture.

– Un peu de silence ! C'est un CDI ici, pas une cour de récréation !

Un silence parfait tombe sur la salle. Les élèves baissent la tête sur leurs classeurs ou leurs cahiers. Après un long moment, le quadragénaire se retire dans la salle informatique. L'ambiance se relâche aussitôt. Dissimulés derrière une étagère remplie de livres, Sonia et Matthieu étouffent un rire.

– Mais qu'il est chiant, murmure Matthieu.

– Chut, fait Sonia, c'est pas le moment de se prendre une heure de colle.

Après avoir contemplé à regret le ciel d'un bleu éclatant au-dehors, elle se replonge dans ses révisions de français. La séquence sur Chrétien de Troyes s'achève et elle lit une série de textes complémentaires que lui a donnée M. Brodin, notamment un extrait issu de *L'amour et l'Occident* de Denis de Rougemont, un obscur écrivain suisse du XXe siècle.

« *Pourquoi préférons-nous à tout autre récit celui d'un amour impossible ? C'est que nous aimons la brûlure, et la* conscience *de ce qui brûle en nous.* »

Sonia passe et repasse le doigt sur ces phrases. Ce Rougemont pointe une association intéressante. Elle aussi cherche le feu, le feu de la passion, cette intensité qui renverse le quotidien et le rend plus brillant.

« *Je définirais volontiers le romantique occidental comme un homme pour qui la douleur, et spécialement la douleur amoureuse, est un moyen de connaissance.* »

Sonia lit et relit ces mots qui résonnent fort, très fort. Depuis quelques jours, elle écrit avec frénésie dans son journal intime. C'est son laboratoire, son lieu d'expérimentation. Elle y couche ses états émotionnels comme pour les photographier, pouvoir puiser dans ses archives quand elle en aura besoin pour un personnage. Les vacances d'avril furent en demi-teinte. Si la rencontre avec Lou était au-delà de ses espérances, le tableau idyllique de son histoire avec Peter porte une ombre. Elle ne sent plus l'exaltation du début. Même s'ils passent des heures à s'embrasser, découvrir clandestinement leurs corps sous leurs vêtements quand ils sont seuls, elle repousse le moment de la première fois. Ce n'est pas qu'elle n'en a pas envie, loin de là. Le désir est bien présent. Mais elle ne parvient pas à se laisser aller, le mental revient vite au galop : est-ce qu'elle veut vraiment vivre cela avec lui ? Pourquoi est-ce qu'elle ne ressent plus autant d'émotions qu'auparavant ? Sans oublier son mensonge, qui est devenu son ultime protection. Comment lui dire qu'elle est vierge, à présent ? Elle s'est mise dans une situation inextricable.

– Ça va ? s'enquiert Matthieu.

– Oui. Je pensais juste à Peter.

– Et ?

– Au fait qu'on n'a toujours pas… tu vois.

Son ami la contemple, l'air intrigué.

– Mais pourquoi il ne s'est toujours rien passé ?

– J'en sais rien, je bloque un peu.

Si elle dévoile à Matthieu ses doutes sur ses sentiments, il risque de lui envoyer un livre dans la figure. Elle lui a conté son obsession pour ce Peter durant des mois, qu'elle change d'avis une fois le rêve réalisé risque d'engager une sacrée mise au point… Voyant le regard inquisiteur de son ami, elle fait rouler la conversation sur un autre sujet.

– Tu as des nouvelles de Robin ?

– Quelques textos, soupire-t-il. Maintenant qu'il est retourné à Paris, j'ai peur que ça n'aille pas plus loin, mais on garde contact.

Laura et Marjorie, deux élèves de la classe de Peter, passent devant eux et s'arrêtent pour leur faire la bise avant d'aller d'asseoir.

– J'ai l'impression d'être devenu populaire, murmure Matthieu, c'est super bizarre. Tout le monde me sourit, me dit bonjour.

Sonia observe son ami, qui se métamorphose au fil des mois. Cette rencontre avec Robin lui a fait du bien. Il est de plus en plus confiant.

Elle bannit Peter de son esprit et retourne à son travail, soupèse avec désespoir sa pochette emplie de feuilles de cours qu'il faudra mémoriser pour les épreuves de juin. C'est son premier examen depuis le brevet, et plus les semaines passent, plus l'appréhension monte. Juger l'avenir d'un élève sur une performance réduite à quelques heures lui paraît un système cruel et injuste. Pourra-t-elle montrer le meilleur de ses capacités ? Et si le stress lui faisait perdre ses moyens ? Elle doit avoir une bonne note en français. De quoi aurait l'air une future écrivain qui n'obtient pas d'excellents résultats dans sa propre langue ?

– Psst, So, appelle Matthieu.

– Quoi ?

– Tu es nerveuse, ou quoi ?

Elle entortille une mèche blonde sur son index.

– Non, non. Tout va bien.

Sonia Pradier

Il y a 2 heures

Sera à Paris des 3 au 5 juillet pour Japan Expo avec Lou Hauet. Quelqu'un pour nous loger ?

J'aime Commenter

♁ Matthieu Fossey, Peter Austin et six autres personnes aiment ça.

Matthieu Fossey Moi je dis, la route vers le succès ! ☺

Peter Austin J'aurais adoré venir, mais j'ai un concert ce week-end-là. Amuse-toi bien, mon cœur !

Alexandra Pradier Si tu n'as pas peur d'être à 3 dans un 27 m^2, tu es la bienvenue, cousine. ☺

Après avoir réglé les détails avec sa cousine, Sonia se rend sur le site de la SNCF.

Récapitulatif : un aller-retour Nogent-le-Rotrou – Paris, départ le 3 juillet, retour le 5 juillet.

Sonia clique sur « Valider la commande ».

– Ça y est.

Elle se connecte aussitôt sur le forum *Trames* et se rend sur le fil de discussion sobrement intitulé : « JAPAN EXPO, POWAAAA ! »

<u>Sarbacane</u>

Comme vous le savez, Japan Expo approche à grands pas ! L'association aura un stand côté Jeunes Créateurs. Le fanzine est parti à l'impression, j'ai le stock de badges et de cartes avec les illustrations de Tiamat.

J'aurais besoin d'un coup de main sur le stand vendredi, samedi et dimanche. Qui arrive quand ?

Sonia répond aussitôt.

Yuna

Tiamat et moi arrivons vendredi soir à Paris et repartons dimanche soir, on peut t'aider samedi et dimanche. ☺

Sonia joint les mains, ravie. D'ici deux mois, elle va enfin découvrir le résultat du travail accompli avec Lou. Une nouvelle réponse s'affiche sur le topic.

Eru Rōraito

Je serai là dimanche.

La jeune fille fronce les sourcils. Comme d'habitude, Eru est assez laconique. Elle s'apprête à fermer sa fenêtre de navigation lorsqu'une enveloppe clignotante lui indique un nouveau message privé.

Eru Rōraito

Chère Yuna,

Il me tarde de te rencontrer à Japan Expo, je tiens à saluer les derniers poèmes que tu as postés sur le forum. Ton texte intitulé « Feu » m'a beaucoup plu, j'y ai retrouvé des échos très puissants de mes propres préoccupations…

Décidément, Sonia ne sait pas sur quel pied danser avec ce garçon.

Yuna

*Merci Eru. ^^*

Tu n'as toujours pas mis de photo dans le trombinoscope ? Ce serait cool de savoir à quoi tu ressembles pour te reconnaître en juillet !

Eru Rōraito

Chère Yuna,

Les apparences sont-elles si importantes pour toi ?

Yuna

Je n'ai pas dit ça, c'est juste plus sympa de savoir à quoi ressemble la personne à laquelle on parle. ☺

Eru Rōraito

Chère Yuna,

Ta personnalité sémillante m'interpelle autant que ton visage angélique.

Sonia trouve la formulation assez ampoulée, mais elle ne peut s'empêcher d'être touchée par le compliment.

Yuna

C'est gentil Eru. ☺ *Bonne soirée !*

Elle se déconnecte. Déjà vingt heures ! Elle va être en retard pour son rendez-vous avec Peter. Elle troque son jean contre une robe printanière, enfile une veste puis va dans le salon. Elle rend à son père la carte bancaire qui a servi au paiement du billet de train.

– Je n'ai pas vu l'heure passer, dit-elle, tu peux m'emmener à la soirée ?

– En route !

Sans son père, elle ne sait pas comment elle se déplacerait dans cette région perdue, où il n'y a aucun moyen de transport hormis quelques bus en milieu d'après-midi. Il la dépose devant le portail de la maison de Peter.

La jeune fille s'avance dans le vaste jardin, où les tentes ont déjà été montées. Des adolescents sont rassemblés autour d'un feu délimité par de lourdes pierres. Peter se trouve parmi eux, sa guitare acoustique à la main, il chante une reprise de *Yesterday* des Beatles. Les groupies de sa classe sont au complet : Laura, Marjorie et Tiphaine. En les voyant, la jalousie l'agrippe, attise son besoin de revendiquer son statut de petite amie. Elle s'assoit discrètement dans le cercle, étend ses jambes dans l'herbe humide de rosée, puis écoute tout en fixant la danse des flammes. De temps à autre, un crépitement envoie une gerbe d'étincelles qui monte dans le ciel. La voix de Peter est juste, chaleureuse, enveloppante.

Lorsqu'il achève sa chanson, les applaudissements fusent. Il remarque alors Sonia et fonce droit vers elle pour l'enlacer.

– Je ne t'ai même pas entendue arriver !

– Je sais être discrète.

Les bières circulent dans l'assemblée. Ils boivent quelques canettes tout en faisant griller saucisses et Chamallows. Sonia reste blottie entre les bras protecteurs de son petit ami tandis que les rires fusent çà et là. Elle aime bien être avec Peter, vraiment. Là, maintenant, le vertige de l'inconnu revient. Elle l'idéalise comme à l'époque où elle le voyait passer dans les couloirs sans oser lui parler. Si parfois elle doute, c'est simplement qu'aucun des scénarios qui se déroulent dans la réalité n'est à la hauteur de ce qui se trame dans son esprit. Et puis, pour être honnête, elle n'apprécie pas ses amitiés avec d'autres filles. Elle veut être la seule, l'unique.

Peter enfouit sa tête dans son cou, puis lui souffle à l'oreille :

– Tu veux voir où on va dormir ce soir ?

Son cœur manque un battement. Elle sait ce que cela signifie.

– Oui, bonne idée.

Il la prend par la main et s'éloigne du feu pour la conduire dans leur tente. Ils se retrouvent blottis dans un duvet, sous la toile protectrice.

Peter l'étreint comme s'il voulait l'empêcher de s'échapper. En cet instant, les groupies sont loin.

– Sonia…

– Oui ?

– Je suis très amoureux de toi, tu sais.

Elle réprime un sourire de triomphe. Décidément, il devient nécessaire d'étouffer sa paranoïa. La bouche du jeune homme cherche la sienne, scelle la déclaration d'un long baiser langoureux. Le désir se déploie entre eux, crée une sphère enchantée qui efface le reste du monde. Il lui caresse les cheveux, puis retire son tee-shirt.

Sonia a envie de lui.

Plus que jamais.

Elle ôte d'elle-même sa robe, la jette dans un coin de la tente. Il la touche dans la pénombre, lit son corps pour en deviner les formes.

– Peter, murmure-t-elle.

– Quoi ?

Elle l'attire tout contre sa peau nue.

– Si je te disais que je ne l'ai jamais fait, tu penserais quoi ?

Après un instant de silence, il chuchote :

– Que je serais heureux de partager ça avec toi.

Quelques heures après sa première nuit d'amour, encore blottie dans le duvet, Peter endormi tout contre elle, Sonia ouvre les yeux en grand dans le noir.

Elle n'est plus vierge.

Pourtant, rien ne semble avoir véritablement changé.

Le statut de femme n'est pas tombé d'un coup comme un couperet qui l'aurait détachée de l'enfance. Elle est la même, oui, tout en ayant exploré des sensations nouvelles. Son visage se tourne vers Peter. Il dort, ses respirations sont longues et apaisées. Elle a obtenu ce qu'elle souhaitait, gagné son attention, son amour, son désir. Se sent-elle plus heureuse pour autant ?

La jeune fille s'empare de son téléphone portable.

Sonia Pradier
Tu crois qu'on peut ressentir un truc incroyable pour quelqu'un et, le lendemain, plus rien ?

Lou Hauet
Il y a deux solutions.
Soit tu es le genre de personne qui ne vit que dans les extrêmes, un jour tout et le lendemain rien.
Soit tu n'es jamais tombée amoureuse.
(Je me garderai bien de trancher là-dessus.)

LOU

Je n'ai jamais beaucoup aimé les psys.
Toujours à fouiller, à chercher.
Tu sais quoi, So ?
L'art est la meilleure des thérapies.

Le silence règne dans la pièce, seulement interrompu par le tic-tac de l'horloge murale. C'est exactement comme dans les séries. Pourquoi faut-il que tous les psychiatres aient des horloges aussi bruyantes ? Est-ce pour rappeler les centimes qui s'envolent à chaque seconde ?

M. Pagès lui adresse un regard scrutateur, un regard que Lou définirait comme « Je donne l'impression d'en savoir plus que je n'en sais réellement ». Elle tripote l'accoudoir de velours de son fauteuil. Le médecin laisse durer l'instant de flottement, puis prend la parole d'une voix douce :

– Donc, Lou, comment cela se passe-t-il, depuis l'arrêt des médicaments ?

La jeune fille ne quitte pas l'accoudoir des yeux, essayant de rassembler le fil des événements. Dans l'ensemble, elle sait qu'elle va mieux. Pourtant, depuis le retour de Normandie il y a un mois, sa vie lui paraît beaucoup plus fade, beaucoup plus étouffante. C'est comme si elle avait respiré durant quelques jours et qu'on la privait de nouveau d'oxygène.

– Ça va, répond-elle machinalement.

Tic-tac. Tic-tac.

– As-tu fait des crises d'angoisse ?

Lou n'ose pas répondre immédiatement. Elle déteste avoir l'impression que chacun de ses mots est analysé pour conduire à une interprétation qu'elle n'approuvera pas nécessairement.

– Plus trop, dit-elle.

Le psychiatre incline la tête sur le côté.

– Plus trop, c'est-à-dire ?

– Parfois, je me sens un peu triste. J'imagine que ça ne peut pas disparaître comme ça.

Lou se demande si parler de ses émotions est utile. Est-ce que cela permet de les sortir de soi, de les éloigner pour de bon ? Ou bien n'est-ce qu'une façon de gratter encore et encore une plaie qui, du coup, ne peut pas cicatriser ?

Tic-tac. Tic-tac.

M. Pagès attend, patient. Il faut qu'elle parle.

– Le mois dernier, j'ai rencontré Sonia, la fille avec qui je travaille sur un blog BD.

– Cette fameuse amie connue sur un forum ?

– C'est ça. Elle m'a invitée pour un séjour dans sa famille en Normandie.

Les souvenirs l'envahissent, l'éclairent de l'intérieur.

– C'était un très bon moment, sourit-elle. On a travaillé sur nos projets, on est allées à une soirée, c'était super. Je me sentais intégrée. Je me sentais bien, différente.

– C'est ce sentiment de changement qui t'a donné envie de te couper les cheveux ?

Elle passe une main dans sa chevelure devenue courte. Lorsque la coiffeuse a commencé à manier les ciseaux, elle s'est demandé si c'était une bonne idée. Et puis, en voyant le résultat final, elle s'est sentie plus légère. Évidemment, elle avait fait cela sans l'accord de sa mère. Cette dernière était scandalisée en découvrant sa nouvelle tête, mais Lou a assumé.

– C'est possible, oui.

– Pourquoi est-ce que tu te sens bien avec cette fille, Sonia, et pas avec les gens de ta classe ?

Lou s'humecte les lèvres. Elle repense à Julie et Farah. À son surnom, Cyclope.

– Parce qu'avec Sonia je ne suis pas l'intello de service. Je peux lui parler de tout. Et puis, on s'est connues grâce à nos passions.

– Le dessin ?

– Pour moi, oui. Elle, son truc, c'est l'écriture.

Il griffonne quelques notes. Lou cesse de gratter l'accoudoir et ramène ses mains sur ses genoux.

– Tu peux me parler de ce que représente le dessin, pour toi ?

– On en a déjà discuté la semaine dernière, non ?

– Oui, c'est vrai, mais je pense que c'est un sujet très important. Quand as-tu commencé ?

Lou trouve que c'est une drôle de question. Elle réfléchit, remonte dans les strates de sa mémoire.

– Je ne saurais pas dire, soupire-t-elle. Depuis que je suis petite. J'offrais des dessins à mes parents. Je n'ai jamais arrêté. Ça m'occupait quand je m'ennuyais en cours. Puis mon père m'a emmenée chaque année au festival d'Angoulême, il m'a offert plein de BD. Je me suis mise à adorer ça. Et j'ai crayonné partout, tout le temps.

Lou se tait, habitée par ces morceaux du passé. Cette époque où ils formaient une famille unie, tous les quatre. Où le matin, lorsqu'elle descendait dans la cuisine, elle voyait ses parents se lancer ce regard, ce regard plein d'amour qui a disparu ensuite.

– Comment cela se passe-t-il, avec ton père ?

Elle hausse les épaules.

– Il m'appelle de temps en temps. Il a emménagé à Annecy avec sa nouvelle copine. Apparemment, le divorce vient enfin d'être prononcé. Je ne sais pas pourquoi ça a pris autant de temps, je pensais que c'était déjà fait.

– Un divorce peut être une procédure longue et difficile, explique-t-il. On peut divorcer à l'amiable, ou bien en contentieux.

– C'est ça, dit Lou. Mes parents, c'est le contentieux. Ils n'étaient pas d'accord sur la garde, la pension, des choses de ce genre. Du coup, Jean et moi habitons chez notre mère, et on a le droit de voir notre père pendant les vacances.

– Et tu vas le voir bientôt ?

Lou se remet à tripoter l'accoudoir.

– Je ne sais pas. Je trouve ça trop bizarre.

– Quoi donc ?

– La situation. Être avec quelqu'un durant vingt ans, avoir deux enfants, puis s'installer avec une autre femme du jour au lendemain. Je me dis que l'amour est une illusion. Ça existe, puis ça passe. Même si on fait des enfants.

Une vague de dégoût la submerge à l'idée de son père déballant ses cartons avec euphorie, enfin libéré de leur famille.

– Et que ressens-tu vis-à-vis de ta mère ? demande-t-il.

– Elle m'énerve un peu moins, répond-elle. Au début, je lui en voulais beaucoup. Beaucoup plus qu'à mon père, étrangement. Comme mon père était loin, j'oubliais ses défauts, je crois. Il m'a offert un super cadeau de Noël : du matériel de dessin. Et puis je ne sais pas, je me rends compte que ma mère galère, qu'elle a repris un boulot. Elle est tout le temps en colère, mais au moins, elle est là pour nous.

Lou jette un œil à l'horloge. Tic-tac. Il est déjà l'heure. C'est passé vite, finalement.

– Bien, déclare le psychiatre. C'est la fin de la séance, nous approfondirons cela la prochaine fois.

Il raccompagne la jeune fille jusqu'à la salle d'attente, où patiente sa mère. Celle-ci s'entretient quelques minutes avec lui, puis toutes deux quittent le cabinet. Elles marchent sans rien dire, passent devant la façade de la cathédrale Saint-Pierre, rentrent à l'appartement. Lou s'apprête à filer dans sa chambre, mais sa mère la retient.

– Il faut que je te montre quelque chose.

Intriguée, Lou suit sa mère dans le salon. Une liasse de papiers est posée sur la table basse en verre poli. La jeune fille se laisse tomber dans le luxueux canapé. Malgré tout, il n'y a pas à dire : cet endroit est beaucoup plus confortable et propre que chez Sonia.

– Voilà, annonce sa mère d'un ton solennel, ce sont les brochures pour l'école des Gobelins.

En voyant le visage de Lou s'illuminer, elle dresse un index d'avertissement.

– Attention, c'est juste pour se renseigner. Cette année, il est trop tard pour les portes ouvertes, mais j'ai regardé sur leur site, on pourra y aller en février l'année prochaine. En attendant, j'ai pris toutes leurs brochures. Il y a des formations très différentes : photographie, jeux vidéo, design graphique, design numérique… Je ne savais pas trop ce qui t'intéresserait le plus, alors j'ai tout imprimé.

Lou n'en revient pas. Elle s'empare des feuillets d'un geste fébrile, lit les informations avec avidité.

– Je crois que j'aimerais le design graphique, dit-elle. C'est tourné vers les supports multimédia, et il paraît que c'est une très bonne formation.

– En tout cas, dit sa mère, j'ai lu que les Gobelins étaient une excellente école. Ils sont très orientés sur la technologie, tu peux ensuite travailler dans de grandes entreprises.

– Maman…

– Quoi ?

Lou ne peut s'empêcher de sourire. Sa mère a fait un pas énorme, chaque chose en son temps, elle revendiquera plus tard son rêve d'être auteur BD. De toute façon, si elle arrive à publier un premier album, elle n'en vivra sans doute pas immédiatement. Autant saisir l'opportunité d'aller aux Gobelins, même si sa mère pense que ce sera pour travailler ensuite comme graphiste dans un groupe international.

– Non, rien. Merci.

– Maintenant, au travail ! Tu as les épreuves du bac de français dans un mois !

Le soir, Lou parcourt les blogs des auteurs qu'elle suit. Ces derniers postent des photos d'eux en dédicaces, des soirées qu'ils passent entre artistes, des ateliers où ils travaillent ensemble à Paris… Ce monde de passionnés la fait rêver. Elle reprend la mise en couleur des strips et est soudain interrompue par un message sur le forum.

Eru Rōraito
Il me tarde de te rencontrer.

Lou hésite. Elle ne sait plus quoi faire avec Eru, se sent totalement démunie. Peut-être est-il temps d'en parler à Sonia. Cela fait des mois qu'elle lui cache son crush pour le membre du forum. À vrai dire, elle a honte de lui en parler. Elle trouve cela tellement pathétique…

Mais la rencontre dans la vie réelle approche à grands pas. Elle aura besoin de son amie pour faire face.

La jeune fille se connecte sur Facebook.

Lou Hauet
So, il faut que je te parle d'un truc important.

Sonia Pradier
Houlà, tu me fais peur !

Lou Hauet
J'ai un peu honte...

Sonia Pradier
Mais encore ?

Lou Hauet
Je crois que je suis amoureuse d'Eru.

Plusieurs fois, Lou voit le symbole indiquant que Sonia est en train d'écrire, puis la fenêtre redevient blanche. Rien ne s'affiche durant de longues minutes. Pourquoi ne répond-elle pas ?

Lou Hauet
Tu trouves que ça fait pitié, c'est ça ?

Sonia Pradier
Pas du tout, c'est quelqu'un qui semble avoir
un certain charisme intellectuel.

Lou Hauet
Tu en penses quoi ?

Sonia Pradier
Est-ce qu'il flirte avec toi ?

Lou Hauet
Je crois, il m'envoie pas mal de messages assez… (hum)…

Sonia Pradier
Hum quoi ?

Lou Hauet
Des compliments sur mes photos, tout ça.
Là il vient de m'envoyer : *« Il me tarde de te rencontrer. »*

Sonia Pradier
J'hallucine.

Lou Hauet
???

Sonia Pradier
Désolée, Lou, mais je crois que ce type se fout de nous.

Lou Hauet
Qu'est-ce que tu veux dire ?

Sonia Pradier
Je te fais une capture d'écran.

Lou clique sur la pièce jointe. Elle découvre une copie de l'écran de Sonia : un message de Eru, envoyé quelques minutes plus tôt.

Eru Rōraito
Il me tarde de te rencontrer.

Exactement le même que celui qu'il lui a envoyé.
Lou suffoque.
Recule dans son siège.
Sent un étau comprimer sa poitrine, l'étouffer.
Quelle idiote.

Sonia Pradier
Lou ?

Elle n'a pas envie de répondre à son amie. Comment pourrait-elle rivaliser avec Sonia, de toute façon ? La plus jolie, la plus populaire.

Elle a tous ceux qu'elle veut, pourquoi faut-il aussi qu'elle mette le grappin sur le seul garçon qui l'intéresse ?

Lou sent les larmes lui brûler les yeux.

Sonia Pradier
Lou, je n'ai jamais répondu à ses avances !
Ce type m'envoie des messages de ce genre
depuis que je me suis inscrite sur le forum.

La jeune fille reprend peu à peu son calme, chasse la douleur.

Depuis le début, Eru joue un double jeu. Mais que veut-il donc ? Que cherche-t-il ?

Sonia Pradier
Lou ???

Lou Hauet
Ça me fait mal. Très mal.

Sonia Pradier
Ce mec a un grain. Qu'est-ce qu'il fout sur ce forum, à draguer des lycéennes ? Et qu'est-ce qu'on sait de lui, après tout ?

Lou Hauet
Qu'il est étudiant en droit.
Que Sarbacane l'a déjà vu l'année dernière.

Sonia Pradier
Ça ne suffit pas.

Lou repense aux propos de sa mère. *On ne peut jamais savoir qui est derrière un écran, Lou. Tu m'entends ?*

Elle se sent si stupide…

Sonia Pradier

Bon, inutile d'en faire un drame. Je propose qu'on ne lui réponde plus, ni toi ni moi. On verra s'il se pointe à Japan Expo. On sera avec Sarbacane, on ne risquera rien.
Qui que ce soit, ça va être sa fête.

JUIN

SONIA

Je pouvais rester spectatrice.
Choisir la sécurité, cette sécurité dont j'ai tant manqué.
Ou bien foncer dans la vie.
Me battre.
Écrire comme on saigne.
Écrire chaque jour.

M. Brodin déchire l'enveloppe scellée. Les douze élèves retiennent leur souffle. Sonia échange un regard inquiet avec Quentin. Les sujets du bac de français sont distribués, interdiction de retourner la feuille avant le signal. La jeune fille joue avec sa carte d'identité, ne sachant comment calmer son angoisse.

– Vous avez quatre heures à partir de maintenant.

Décharge d'adrénaline. Sonia parcourt la série de textes. Des extraits de *La Princesse de Clèves* de Mme de La Fayette, *Candide* de Voltaire, *Michel Strogoff* de Jules Verne et *L'Étranger* d'Albert Camus.

En plus des questions, elle a le choix entre trois options : le commentaire composé, la dissertation ou bien l'écriture d'invention.

Le commentaire composé est une valeur sûre, un exercice qu'elle connaît. Le sujet de dissertation ne l'inspire pas. En revanche, elle se sent aimantée par l'écriture d'invention. Après tout, c'est supposé être son domaine. Pourquoi ne pas se lancer ?

« Imaginez une situation dans laquelle un personnage se révèle par son attitude et ses réactions comme le personnage principal d'un roman contemporain. Votre récit devra comporter des éléments descriptifs qui reflètent votre perception de ce début de XXIe siècle. »

Sonia prend des notes sur un brouillon. Les idées se percutent dans son esprit. Parler du XXIe siècle, elle ne pouvait pas espérer mieux.

Durant quatre heures, son visage ne décolle pas des feuilles d'examen. Elle écrit, écrit, jusqu'à avoir mal à la main.

– C'est terminé, tout le monde s'arrête ! clame M. Brodin d'une voix forte.

Certains lycéens tentent de grappiller quelques secondes, mais les surveillants sont intraitables : chacun doit lâcher son stylo. Sonia se recule, contemple les pages noircies. Elle ignore si le résultat sera à la hauteur des attentes du correcteur, mais là, tout de suite, elle éprouve le sentiment du devoir accompli.

À la sortie de la salle d'examen, les conversations explosent dans le hall. Il y a les larmes de ceux qui ont échoué, les cris de joie de la liberté. Le bac de français marque la fin des cours, il n'y aura plus que l'oral à passer quelques semaines plus tard, durant les vacances.

Sonia se fraye un chemin parmi cette foule grouillante et animée. Elle déverrouille son casier, en sort les derniers livres qui s'y trouvent. Ses bagages patientent à la valiserie, elle dit au revoir à l'internat jusqu'à l'année prochaine. Une parenthèse de deux mois avant de recommencer : la rentrée, les cours, les devoirs, quelques vacances, les examens, la libération. Au moment où elle remplit son sac des babioles restant dans son casier, une main se pose sur son épaule.

– Hey.

Elle se retourne et découvre Peter, qui lui offre un regard d'amoureux transi.

– Ça s'est bien passé ? demande-t-il.

– Difficile à dire, mais au moins, c'est fait.

Il se penche pour l'embrasser. Ses lèvres n'ont plus le goût de la première fois, au même endroit très exactement. Il n'y a pas de sphère enchantée. Juste l'habitude.

– Qu'est-ce que tu fais, ce soir ?

– Je vois Matthieu.

– Ah.

Peter recule d'un pas, soudain plus distant.

– Quoi ? demande Sonia, agacée.

– Tu passes plus de temps avec lui qu'avec moi !

– Tu ne vas quand même pas être jaloux de Matt…

– Pourquoi ? Parce qu'il est gay ? Ça n'a pas de rapport ! L'amour, ce n'est pas juste le sexe. J'ai l'impression que tu lui dis tout, tout le temps. C'est moi qui devrais tout savoir de toi. C'est moi, ton copain.

Sonia s'adosse à son casier, sous le choc. Oui, c'est à Matthieu qu'elle dit tout, et à Lou aussi, parce qu'ils sont ses points de repère, ses balises dans la vie. Elle a cru que Peter ferait partie de ses personnes favorites, elle l'a vraiment cru durant des mois. Mais la vérité, c'est qu'elle ne ressent plus le besoin impérieux de le voir et de lui parler en permanence.

Il ne lui manque pas.

– Je connais Matthieu depuis six ans, Peter. Six ans. C'est mon meilleur ami, tu n'as pas à remettre ça en cause !

– Je ne…

– Je ne te dis rien sur tes copines de classe qui te collent tout le temps !

Peter lève les yeux au ciel.

– Ah, voilà, on y arrive, persifle-t-il.

– Quoi, on y arrive ?

– Tiphaine et Laura sont sûres que tu es jalouse de nos relations, je leur ai assuré que non. Elles avaient raison, en fin de compte.

Sonia reste bouche bée. Mais pour qui se prennent ces filles pour la juger ? Son ego la picote dangereusement.

– Très bien, dit-elle avec un calme glacial, je te laisse donc écouter leur opinion.

Elle referme brutalement son casier vide, défait le cadenas et part sans se retourner.

– Sonia ! appelle-t-il dans son dos.

Elle accélère le pas, grimpe quatre à quatre les marches menant à la valiserie. Une fois dans le corridor, elle se retourne. Peter ne l'a même pas suivie.

Elle pousse un profond soupir, ne sachant pas si elle est soulagée ou attristée par cette dispute. Une chose est certaine : les grandes vacances tombent à pic.

Le surveillant qui garde la valiserie lit tranquillement, assis sur une chaise. Sonia récupère ses bagages, puis s'apprête à regagner le hall lorsque M. Brodin sort d'une salle adjacente.

– Ah, vous êtes là, mademoiselle Pradier ! Justement, j'ai un cadeau pour vous.

– Un cadeau ?

L'enseignant rentre dans sa salle. Intriguée, la jeune fille le suit. Les chaises sont posées sur les tables, le tableau est pour la première fois impeccable. Il fouille dans sa sacoche et lui tend un ouvrage relié en cuir rouge et aux tranches des pages dorées.

– Prenez-le, dit-il.

Sonia s'empare du livre, caresse sa couverture douce avec émerveillement. Le titre en relief scintille : *L'Imitation de Notre-Dame la Lune*, Jules Laforgue.

– Je ne peux pas accepter…

– Refuser n'est pas dans les options.

Ils échangent un sourire.

– Je ne savais pas si vous aimiez la poésie, ajoute-t-il, mais c'est une édition limitée à mille exemplaires, assez rare. Je n'aurai pas de classe de terminale l'année prochaine, alors nos chemins se séparent.

– Oh non ! s'exclame Sonia. C'est trop dommage. Vos cours sont tellement passionnants…

Il referme sa sacoche.

– C'est gentil, dit-il. Cette année n'a pourtant pas été simple pour moi, il y a eu des plaintes.

– Des plaintes ?

– Certains parents d'élèves sont allés voir le directeur en disant que mes cours étaient « du grand n'importe quoi ». Qu'on se fichait de mes anecdotes et de mes leçons de vocabulaire, qu'enseigner le français en première, c'était la méthode du commentaire composé, rien d'autre.

Sonia n'en croit pas ses oreilles. Elle a bien perçu le mécontentement de certains élèves qui auraient voulu une recette magique pour organiser leurs idées, mais ne pensait pas que c'était allé jusqu'à remonter à la direction. Elle soupçonne aussitôt Quentin.

– Ne soyez pas catastrophée, assure-t-il, c'est comme ça chaque année. Après, je montre les résultats de mes élèves au bac de français, résultats toujours supérieurs à la moyenne nationale. Mais bon, nous vivons une époque où les parents nous apprennent notre métier, que voulez-vous ?

Cette injustice vrille le cœur de Sonia.

– Si un jour j'y arrive, lance-t-elle avec émotion, si un jour je publie un livre, ce sera un peu grâce à vous.

– Non, déclare-t-il, ce sera grâce à ta persévérance et ton talent.

– Pas seulement. Vous êtes le premier adulte qui me dit que je peux y arriver. Ça compte.

L'enseignant soulève sa sacoche puis ébouriffe ses cheveux argentés, manifestement gêné.

– Bonne chance pour tout, mademoiselle Pradier.

– Merci, monsieur Brodin. À l'année prochaine, dans les couloirs du lycée.

Elle range son cadeau dans sa valise, puis quitte enfin « l'étage pourri ». Alors qu'elle s'apprête à sortir, un cri retentit dans le vaste espace.

– C'est ça, casse-toi, sale pédé !

Sonia fait volte-face. C'est bien ce qu'elle craignait : Matthieu est entouré de Yann Masson et de sa bande. Elle lâche ses affaires, s'apprête à foncer dans leur direction, puis se retient.

Matthieu se tourne lentement vers eux.

Gonfle son torse, serre les poings.

Avance d'un pas.

Yann recule.

– RÉPÈTE CE QUE TU VIENS DE DIRE ?

Sonia se fige. Jamais elle n'a entendu cette voix chez Matthieu, si forte, vibrante de colère.

Yann lève le menton.

– J'ai… j'ai dit, sale pédé !

Matthieu secoue la tête de gauche à droite, le dégoût se tatouant sur son visage.

– Pauvre type. Tu insultes ce qui est différent parce que tu as peur !

Yann s'avance, ouvre la bouche puis la referme. Pour la première fois, l'agressivité de Matthieu est plus forte que la sienne.

– Ouvrir ta grande gueule, ça doit compenser ton six de moyenne, pas vrai ? Je ne m'inquiète pas, tu vas sûrement redoubler puis finir ta vie minable avec tes meilleurs amis : les a priori.

Les complices de Yann haussent le ton, encouragent leur leader à répliquer. Ce dernier donne un coup dans l'épaule de Matthieu, qui reste de marbre, regardant successivement ses adversaires. Aucun n'ose de nouveau un geste violent.

Matthieu se dirige alors vers Sonia d'un pas rageur.

Il lui attrape le bras, lance à Yann et aux autres son regard le plus méprisant.

– Allez viens, murmure-t-elle, partons.

Une fois dehors, le jeune homme aspire une grande bouffée d'air, puis passe son bras autour de l'épaule de son amie.

– Tu avais raison, So. L'indifférence a ses limites, c'est une forme de tolérance. Il faut se défendre.

Elle se retourne pour contempler une dernière fois le lycée derrière eux et sourit.

– Je suis fière de toi. C'était bien envoyé.

Elle repense aux reproches de Peter, au fait qu'elle donne plus de place à Matthieu qu'à lui. C'est dur à admettre, mais il y a sûrement une part de vérité. Après une pause, elle ajoute :

– Tu es l'une de mes personnes préférées sur Terre, Matthieu Fossey.

Ce dernier la dévisage avec émotion.

– Toi aussi, Sonia Pradier. L'année prochaine passera vite, puisque nous serons ensemble.

LOU

Personne ne traverse la vie sans échec, sans chagrin.
Sans instants où l'on se croit incapable de continuer.
Alors une main se tend, aide à se relever.
Et l'on reprend la chasse aux rêves.
Ce fut ta main, Sonia.

Un pas.

Le pas le plus important de l'année.

Celui qui sépare l'enceinte du lycée de l'extérieur.

Lou laisse derrière elle la haute grille ainsi que la foule qui se précipite vers les voitures et les cars scolaires.

Enfin.

La première s'achève, plus qu'un an, oui un an seulement, avant la libération.

Elle visse ses écouteurs dans ses oreilles, monte le son. *Radioactive*, du groupe Imagine Dragons, éclate dans ses oreilles.

I'm waking up, I feel it in my bones
Enough to make my systems blow
Welcome to the new age, to the new age.

La musique enfle dans sa poitrine, fait souffler un vent d'espoir. Elle longe le Jardin Vert d'un pas allègre, son sac n'a jamais été aussi léger.

Peu à peu, les souvenirs de l'épreuve de français s'effilochent dans son esprit. De toute façon, elle a joué la sécurité : le commentaire composé. Elle aura au moins la moyenne.

En arrivant en bas de la côte, près de l'église, elle remarque une silhouette familière. Julie marche avec lenteur, son portable à la main, ses talons hauts claquant sur le bitume. En se rapprochant, Lou baisse le son pour entendre la conversation de sa camarade.

– Non mais tu le crois, ça ? Il m'a larguée comme une merde !

Un sourire taquine les lèvres de Lou. Elle ne peut s'empêcher de se réjouir du malheur de celle qui lui a gâché la vie cette année.

– En plus j'ai foiré le bac de français ! Putain, si ça se trouve, je vais redoubler !

La voix cristalline de Julie se brise sur un sanglot. En face d'elles, le feu au vert les oblige à s'arrêter côte à côte devant le passage piéton. Julie remarque Lou, raccroche et sèche aussitôt ses larmes, gênée. Les voitures filent sans discontinuer, empêchant toute échappatoire. En voyant la jeune fille dans un tel état, Lou ne peut empêcher la compassion de faire une timide apparition.

– Ça ne va pas ? s'assure-t-elle.

– J'ai raté ce putain de bac de français, dit-elle en reniflant.

– Ah.

Un silence désagréable se glisse entre elles.

– Ce ne sont que les épreuves anticipées, ajoute Lou.

– Pfff. Facile à dire pour toi, tu vas avoir dix-huit, comme d'habitude.

Pour la première fois, Lou capte toute l'envie et la jalousie dans l'intonation de Julie.

– C'est un petit coefficient, répond-elle avec calme.

– Petit ou gros coefficient, fait Julie, tu as une sacrée chance de cartonner comme ça. Bon, tu n'as pas de vie sociale, du coup, mais bon…

Difficile de démêler le compliment de l'insulte.

Le pictogramme en forme de bonhomme passe au vert, les voitures s'arrêtent. Les lycéennes s'engagent sur la route. Tandis qu'elles traversent, une réplique brûle les lèvres de Lou. Et pour une fois, elle s'autorise à exprimer le fond de sa pensée :

– J'ai une vie sociale, en fait, Julie, mais pas dans ce lycée. Le monde ne se limite pas à ces murs.

Alors qu'elles atteignent le trottoir, la jeune fille paraît réfléchir une fraction de seconde, puis admet, le regard encore rougi par le chagrin :

– C'est vrai. Et de toute façon, on n'a plus qu'un an à tirer avant de partir.

– Oui, plus qu'un an.

– À l'année prochaine, alors.

– À l'année prochaine.

Les épaules voûtées par le chagrin, mais le menton relevé par fierté, Julie tourne à l'angle de la rue.

Lou poursuit le chemin jusqu'à l'appartement.

Elle n'aura pas à faire ce trajet durant deux mois.

– Prends aussi cette boîte d'aspirine, on ne sait jamais.

Lou enfourne sans conviction la boîte dans sa valise.

– Maman, on va chez papa, il y a des pharmacies à Annecy, tu sais…

Sa mère fait mine de ne pas entendre et se tourne vers Jean, qui joue à la Nintendo DS dans le canapé.

– Chaton, je t'ai mis des chaussettes dans la pochette avant, tu t'en souviendras, hein ?

– Oui, oui, fait-il sans lever les yeux de sa console.

La mère regarde autour d'elle, un peu désorientée, puis pousse un profond soupir.

– Ça va bien se passer, assure Lou.

– Mais je sais ! réplique-t-elle. Il est normal que vous rendiez visite à votre père. Peu importe ce qui s'est passé entre lui et moi, il doit continuer à jouer son rôle, c'est crucial.

L'émotion dans sa voix dément ses paroles. Lou sent clairement que les laisser partir une semaine à Annecy est un déchirement. Elle qui réclame toujours du temps libre, sans doute sera-t-elle perdue une fois la maison vide.

– Allez, il faut y aller, fait Lou, ou on va rater le train…

– Tu permets deux secondes ? s'énerve-t-elle. Je vérifie encore une fois les bagages. Ce n'est pas possible ça…

La jeune fille abdique, et en profite pour monter une dernière fois dans sa chambre. Elle a bien pris tout son matériel de dessin. Une rapide vérification sur le forum *Trames,* au cas où il y aurait de nouveaux messages…

Eru Rōraito

Salut Tiamat, je t'ai envoyé un message il y a quelque temps, et tu ne m'as pas répondu. Sans doute es-tu débordée avec les épreuves de fin d'année, ce que je comprends pleinement. Écris-moi quand tu auras un moment.

Voir ces lignes lui écrase le cœur. Non, elle se tiendra à sa résolution et coupera tout contact tant qu'elle ne saura pas qui est Eru, et à quoi il joue.

Après avoir éteint son ordinateur, elle retourne dans le salon et s'assoit à côté de son petit frère. L'air concentré, une mèche blonde balayant son front pur, ses doigts bougent avec dextérité sur les boutons de la console. Elle se penche sur l'écran.

– Tu joues à quoi ?

– Pokémon, répond-il.

– Waouh, ça existe encore ? J'y ai joué un peu quand j'étais gamine…

– C'est le meilleur jeu de la Terre. Tu veux voir mon équipe ? Là, c'est Pikachu ! j'ai trop galéré pour en trouver un dans la forêt ! Je l'ai entraîné jusqu'au niveau 22…

Lou écoute sans vraiment l'entendre le monologue de Jean. Elle se rend compte que sept ans d'écart, c'est un fossé qu'elle ne sait pas vraiment comment combler.

Enfin, leur mère boucle les valises et les presse pour quitter l'appartement. Ils arrivent à la gare, toujours noyés sous les recommandations maternelles.

– Surtout, faites bien attention en attendant la correspondance à Paris. C'est quand même incroyable qu'on ne puisse pas faire Angoulême-Annecy autrement qu'en remontant vers la capitale. Sept heures de train ! Votre père n'aurait pas pu s'installer plus près ?

Lou lui prend les billets des mains et les composte sans commenter. Tous trois arrivent sur le quai.

– Tu es sûre que c'est bien la voiture quatorze ? s'assure-t-elle.

– Oui maman, soupire Lou, je sais encore lire.

Sa mère s'agenouille pour serrer Jean dans ses bras. Ce dernier est contraint de refermer sa console quelques secondes pour lui rendre son étreinte.

– Lou, c'est toi l'aînée et la responsable, prends bien soin de ton petit frère.

– Mais oui, ne t'inquiète pas. On t'appelle en arrivant ce soir.

Elle se relève, réajuste son serre-tête dans sa coupe au carré. Jean retourne à son jeu, Lou l'entraîne délicatement par la main, puis leur mère monte les valises dans le wagon, les place sur le porte-bagages.

– Tenez, des magazines pour le voyage.

La voix du contrôleur s'élève :

– Mesdames et messieurs, bienvenue dans le TGV numéro 3487 à destination de Paris. Le départ du train est imminent, nous invitons les personnes accompagnant les voyageurs à descendre.

Leur mère souffle un baiser, puis quitte le wagon. Lou respire enfin. Elle s'enfonce dans son siège, sort quelques feuilles et ses crayons.

– Elle va jamais nous lâcher, murmure Jean.

Lou le regarde avec surprise, puis tourne la tête. Leur mère est toujours sur le quai, en face de la vitre, et agite la main. Lou envoie aussitôt un texto à Sonia.

Lou Hauet
Voir ta mère seule sur le quai avec une tête de chien battu quand tu vas chez ton père et sa nouvelle copine : culpabilité maximum.

Sonia Pradier
Ce n'est pas ton problème, Lou, c'est le leur. Enfin, dans la théorie, après, dans la pratique, je sais que c'est plus compliqué.

Lou Hauet
Je devrais aller vivre en théorie, parce qu'en théorie tout va bien.

Enfin, le TGV s'ébranle, engloutit le visage de leur mère, le quai, puis la ville d'Angoulême. Durant le trajet, Lou avance sur les prochaines planches du blog BD. Sonia et elle ont décidé d'en réaliser une vingtaine avant de lancer leur site, de façon à publier une planche hebdomadaire. Jean rompt tout à coup le silence :

– Waouh ! Trop bien ! Je viens de capturer un Évoli !

Il brandit fièrement l'écran pour montrer la créature de pixels à Lou.

– Dis, tu peux le dessiner ? Allez, allez !

– D'accord, sourit Lou.

Alors qu'elle colorie le Pokémon favori de Jean, ce dernier s'endort contre son épaule. Elle le couve d'un regard tendre.

La jeune fille le réveille lorsqu'ils doivent changer de train. Pour ces dernières heures de voyage, Jean est au contraire très éveillé. Il délaisse la Nintendo DS pour regarder le paysage défiler, les mains plaquées contre la vitre.

– Dis, Lou…

– Quoi ?

– Pourquoi papa et maman ne s'aiment plus ?

La jeune fille suspend son crayon en l'air, frappée par une question si simple à laquelle elle n'a pas de réponse.

– Il vaudrait mieux demander à papa, je pense.

Il acquiesce, et Lou aperçoit soudain des larmes dans ses yeux. Elle laisse son matériel de côté et lui caresse la joue du dos de la main. L'enfant pose ses bras sur la tablette en face d'eux pour y enfouir sa tête.

– Jean, chuchote Lou, tu peux tout me dire, je suis ta grande sœur. Ça ne va pas ?

– Je sais pas, répond sa voix étouffée.

– C'est le divorce de papa et maman ?

Il secoue la tête de gauche à droite pour indiquer que non.

– À l'école, tout va bien ?

Il redresse son visage juvénile, dévoilant ses joues sillonnées de larmes.

– J'aime pas ma classe.

Lou sent son cœur se serrer. Cette phrase fait résonner en elle des souvenirs douloureux.

– Tu as des copains ?

– Oui. Antonin et Erwan, ils sont super cool. Mais Hugo il est trop méchant…

– Il fait quoi Hugo ?

– Il m'appelle Tadmorv…

– Tadmorv ? s'exclame Lou.

– C'est le nom d'un Pokémon trop moche… Parce qu'ils disent que jouer encore aux Pokémon à mon âge, c'est pas normal.

Lou serre les dents. Une part d'elle aimerait se téléporter dans la cour de récréation pour calmer ces petits morveux.

– C'est n'importe quoi, à neuf ans, on a encore le droit de jouer à ce qu'on veut. Et d'ailleurs Jean, je vais te dire un secret : toute sa vie, on a le droit de jouer. Regarde, pour moi, le dessin, c'est comme les Pokémon pour toi.

Il cesse aussitôt de pleurer et, sans rien ajouter, reprend sa console. Lou se cale dans son siège, pensive. Après tout, que sait-elle de la vie de son petit frère ? Son existence à elle s'articule autour du lycée, des dîners et de sa chambre. Elle se promet de faire plus attention à lui.

Le train entre en gare d'Annecy au moment où le soleil bascule derrière l'horizon. L'angoisse étreint Lou sans prévenir. Comment vont se dérouler ces retrouvailles ? La copine de son père sera-t-elle là ? Elle repousse ces questionnements.

Lou et Jean sortent du train main dans la main, remontent le quai, puis attendent dans le hall bondé. Après quelques minutes à sonder la foule, Lou reconnaît son père. Ce dernier s'avance vers eux, le sourire aux lèvres, une veste en cuir noir sur les épaules qui tranche avec ses costumes habituels.

– Mes chéris !

Jean bondit dans ses bras tandis que Lou reste à distance, près des deux valises. Derrière son père et Jean se tient une femme à la chevelure brune tressée, qui regarde la scène avec embarras. Voici donc la raison du divorce, songe Lou. Cette grande liane est l'opposé de sa mère. Robe fleurie bohème, chaussures à talons, bracelets ethniques.

– Les enfants, je vous présente Océane.

Cette dernière leur fait la bise à tour de rôle. Lou ne sait pas comment se comporter. Doit-elle faire comme si tout était normal ?

– Venez, vous allez découvrir la maison.

Jean et Lou leur emboîtent le pas. Leur père habite une haute maison juste au bord du Thiou, la rivière qui traverse le vieil Annecy. Ils marchent le long du quai, admirent les derniers rayons du soleil jouer sur l'eau. La magie du lieu touche Lou malgré elle, ce cadre est idyllique.

– C'est ici, déclare leur père.

Il désigne du doigt une bâtisse de trois étages pourvue de balcons fleuris, aux volets peints en rouge brique. L'endroit est splendide : plafond vertigineux, poutres apparentes, grand escalier en bois qui domine un salon chaleureux. Océane ôte ses chaussures et sort aussitôt des rafraîchissements du colossal frigo.

– C'est trop cool ici ! s'exclame Jean.

– On dort où ? demande Lou.

– Vos chambres sont au premier étage.

Lou y monte ses affaires, découvre une grande pièce vide, impersonnelle. Un lit deux places sur lequel sont pliés des draps et une couette. Le papier peint est vieillot, comme les cadres aux murs. Le matelas rebondi l'accueille quelques instants. Tout en fixant les lourds rideaux de velours, ses pensées glissent vers sa mère. Que peut-elle bien faire, à cette heure-ci, toute seule ? Elle sélectionne son numéro dans son répertoire, et sa mère répond après une seule sonnerie.

– Vous êtes bien arrivés ? s'assure-t-elle.

– Oui, tout va bien.

Silence.

– Alors, c'est comment ?

– Sa nouvelle maison est très belle, dit Lou.

– Ah, bien, bien. Formidable.

Autre silence.

– Et il est venu vous accueillir seul ?

Lou se racle la gorge.

– Non, avec… Océane.

Elle ne sait pas comment la mentionner : par son statut ? Son prénom ? Quoi qu'il en soit, ce sera toujours blessant.

– Ah. Bon, bon, je ne vais pas te déranger plus longtemps.

Lou ferme les paupières fort, très fort.

– Maman ?

– Oui ?

– Ça va ?

Elle peut sentir sa peine à l'autre bout du fil.

– Très bien, je vais profiter de cette semaine pour voir des amis, me reposer aussi.

– D'accord. Bonne nuit.

– Bonne nuit.

Lou raccroche, le cœur serré.

Ne sachant quoi faire, elle redescend dans le salon. Là, surprise totale : son père et Océane cuisinent en chantonnant. Elle remue une poêle, lui coupe des oignons. Jamais Lou n'avait vu son père toucher à un couteau auparavant. Elle prend place à côté de Jean sur le divan, puis écoute son petit frère raconter diverses anecdotes sur l'école et la classe verte qui a eu lieu quelques semaines plus tôt.

Ils passent ensuite à table, et Océane prend la parole :

– Et toi Lou ? Tu es au lycée, c'est bien ça ?

– Oui.

– Il y a de beaux garçons ?

Elle lui sourit dans une volonté de créer une complicité, sans savoir qu'elle n'aurait pas pu poser pire question en préambule.

– Je n'ai pas envie de parler de ça, répond-elle en piquant dans sa viande.

– Et ça en est où, le dessin ? s'enquiert aussitôt son père.

– Maman commence à envisager que je fasse les Gobelins.

– C'est génial ! s'exclame Océane. À ton âge, je rêvais d'être une artiste.

Lou a envie de lui dire qu'elle n'a rien envie de savoir de ses fantasmes passés, mais se retient. Durant le dîner, la femme pose des questions, s'intéresse à son quotidien, cherche à la découvrir. Lou est économe en mots, frôle la ligne de l'impolitesse sans jamais la franchir. L'œil noir de son père l'en empêche.

L'envie d'Océane d'inaugurer une relation apaisée est évidente, mais Lou n'a pas envie de créer de lien avec cette inconnue. Pendant un instant, elle s'imagine jouer le jeu, profiter de la situation pour obtenir des avantages, puis cette grande comédie la dégoûte.

Elle pense à sa mère.

Sa mère qui l'a tant agacée cette année, et qui lui manque ce soir.

Océane débarrasse la table dans la bonne humeur, refuse de l'aide. Après les banalités de rigueur, Lou s'éclipse dans sa chambre. Ne pas avoir son ordinateur est une véritable torture, heureusement, elle peut se connecter sur Facebook depuis son smartphone.

Sonia Pradier
Ça se passe comment ?

Lou Hauet
La copine de mon père essaye de jouer
les meilleures amies, ça me gonfle.
Et toi, avec Peter ?

Sonia Pradier
C'est officiellement terminé. J'ai croisé ses groupies
dans les rues de Mortagne hier, elles m'ont lancé
des regards meurtriers. Je suis désormais la salope
qui a brisé le cœur de Peter.

Lou n'a pas le temps de rédiger sa réponse que l'on frappe à la porte. Elle délaisse son portable pour ouvrir à son père.

– Je peux entrer ?

– Si tu veux…

Il s'assoit dans l'un des fauteuils, puis tapote ses doigts les uns contre les autres. Lou lui jette un regard interrogateur.

– Je sais que cette situation n'est pas évidente pour toi, je te remercie de tes efforts.

Il y a quelques mois encore, Lou se serait contentée d'approuver en étouffant son ressentiment. Aujourd'hui, il lui est impossible de se contenir plus longtemps.

– Je trouve ça très étrange qu'on doive se comporter comme si Océane faisait partie de la famille. Tout ça est tellement rapide…

Il gratte son crâne gagné par une légère calvitie.

– Je sais, mais Océane et moi nous aimons, et nous avons fondé un nouveau foyer.

Cette phrase s'imprime en traits de feu, brûle Lou.

– Le nôtre ne te suffisait pas ? questionne-t-elle.

– La vie avec ta mère ne me correspondait plus.

Lou revoit sa mère pleurer dans la cuisine, lorsqu'elle pensait que personne ne l'observait. Elle l'imagine seule dans l'appartement.

– C'est horrible de dire ça ! clame-t-elle. Tu nous abandonnes !

Il se redresse.

– Ne sois pas injuste avec moi ! J'ai donné ! Qui a acheté l'appartement, a bossé comme un fou pour vous nourrir, subvenir à vos besoins et vos caprices ? Moi ! Pas ta mère !

– Quoi ? Mais c'est maman qui a tout fait pour nous ! Les corvées, les réunions avec les profs, les devoirs, les…

Il balaye les arguments d'un revers de main.

– Oui, oui, bon. À trop s'occuper de la maison, elle ne s'occupait plus d'elle-même.

Lou voudrait ne pas entendre, ne plus rien entendre. Son père vient tout près d'elle.

– Dans un couple, il ne faut pas se laisser aller, jamais. Ne pas penser que les choses sont acquises. Retiens ça.

Elle se tait. Son père, après une longue hésitation, quitte la chambre.

Lou voudrait les vomir, tous, avec leurs grandes leçons d'adultes.

Inspiration.

Expiration.

Quand elle ira aux Gobelins, tout cela paraîtra sûrement loin, très loin.

JUILLET

SONIA

Dis, Lou, tu te souviens de notre première dédicace ?
C'était sur le stand de l'association Trames.
Un moment banal, un peu brouillon.
Mais il faut bien commencer.

Sonia attrape la barre de fer du métro, regarde autour d'elle. Les visages mornes des Parisiens fixent soit leur iPhone, soit *Direct Matin*. Une odeur désagréable agresse les narines. Il règne une chaleur étouffante qui l'oblige à ôter son cardigan, elle s'évente à l'aide d'un magazine féminin. Pour le moment, c'est loin de l'image idyllique qu'elle se faisait de Paris. Néanmoins, avoir la liberté de se promener, armée de son plan de métro et de son sac, lui donne l'impression de caresser l'aventure du bout des doigts.

Demain, elle rencontrera le reste de l'équipe de *Trames* et découvrira sa première publication. À cette perspective, un sourire incontrôlable étire ses lèvres.

Elle sort à la station Place Monge, dans le Ve arrondissement. Sa cousine habite un vieil immeuble haussmannien rue Pestalozzi. Un nom parfait pour sa cousine : un mélange de « peste » assorti d'une sonorité italienne. Tout en sonnant à l'interphone, elle se maudit intérieurement. Alexandra a la gentillesse de l'héberger, autant réprimer cette vieille rivalité qui date de leur enfance.

Une voix grésillante s'élève.

– Qui est-ce ?

– Sonia !

– Super, premier étage à droite.

La porte émet un déclic sonore. Un hall de tomettes fait place à un vieil escalier. Alexandra l'accueille à bras ouverts, arborant un hâle plus prononcé qu'à l'accoutumée.

– Waouh, tu reviens d'où ? s'étonne Sonia.

– Guadeloupe. On est partis une semaine fin juin, juste avant mes concours. Pose tes affaires là, je t'en prie.

Sonia fait disparaître son grand sac dans l'armoire coulissante. L'endroit est minuscule. Un salon qui fait office de chambre, une petite cuisine séparée, une salle de bains fermée par un accordéon en plastique. Un grand bureau occupe une bonne partie de l'espace, près de la fenêtre ouverte. Des liasses de dossiers s'étalent aux côtés de piles de classeurs et d'une armée de Stabilo.

– Je suis en pleine révision pour les TIPE, explique Alexandra, une épreuve pour les concours d'entrée aux Grandes Écoles Scientifiques.

Sonia croit entendre les majuscules.

– Et toi ? Ce bac de français ?

– Les résultats étaient consultables en ligne hier.

– Alors ?

– Quatorze à l'écrit, seize à l'oral.

– C'est super !

Sonia se force à sourire. Elle ne l'admettra jamais, mais avoir obtenu plus à sa prestation orale qu'à son écriture d'invention la mine. Quatorze, c'est une bonne note, oui, mais pas autant que ses résultats habituels avec M. Brodin. Et puis, c'est l'un de ses textes que l'on a noté, jugé, elle a du mal à le voir comme un simple exercice scolaire.

Un message éclaire brièvement son portable.

Lou Hauet
Je suis sur la ligne 7,
j'arrive dans 10 min.

Sonia Pradier
Hiiiii !
Hâte de te revoir. ☺

– Mon amie ne va pas tarder. Merci encore de nous héberger, Japan Expo est un moment super important.

– Mais de rien, la famille, c'est fait pour ça ! J'ai vu les affiches dans le métro, c'est un événement très manga ?

– Pas seulement. C'est un rendez-vous annuel sur les cultures japonaises et imaginaires. Une énorme fête en même temps qu'un lieu de rencontres pour les passionnés.

Lou et Sonia n'avaient pas le temps ou l'énergie de réaliser un cosplay, mais Sonia a néanmoins rempli son sac de maquillage et d'accessoires fantaisie. D'après ce qu'elle a lu sur Internet, on se fait davantage remarquer à Japan Expo sans déguisement qu'avec.

En attendant l'arrivée de Lou, Alexandra sert un thé à sa cousine. Dans sa cuisine, les étagères sont couvertes d'épices bio, le mur placardé de cercles colorés dans lesquels s'enchevêtrent des formes géométriques.

– Qu'est-ce que c'est ? demande Sonia.

– Des mandalas, des supports de méditation. Ma mère m'en offre chaque année, elle espère que je vais un jour m'intéresser à sa passion : l'Inde.

– Et alors ?

Alexandra a un haussement de sourcils sceptique.

– Tous ces trucs d'énergie cosmique, ça ne me parle pas. Je suis plutôt du côté de la physique, des atomes.

Sonia approuve sans conviction, se sentant démunie avec le peu de notions scientifiques dont elle dispose. En revanche, le mot *mandala* tourne en boucle dans son esprit, comme un refrain obsédant. *Mandala*.

– Et qu'est-ce que signifient toutes ces formes dans le mandala ?

– Si je ne me trompe pas, chaque personne peut construire son mandala. C'est une pratique spirituelle, une façon de se trouver soi-même. Tu pourras en parler avec ma mère si ça t'intéresse.

Sonia admire l'un des dessins, un grand cercle bleu, jaune et rouge dans lequel est enfermé un carré décoré d'entrelacs. Ces couleurs chaudes et l'équilibre géométrique l'apaisent.

– Il te plaît ? demande Alexandra.

– Oui, beaucoup.

Elle le décroche et le lui tend.

– Alors il est à toi.

Au moment où Sonia accepte le cadeau, on sonne. Lou est arrivée.

Lorsque le réveil émet ses trilles stridents, Lou et Sonia se lèvent tant bien que mal du matelas gonflable posé au sol. La nuit ne fut guère reposante : les deux amies ont parlé jusqu'à deux heures du matin, empêchant probablement Alexandra, dans son lit à quelques mètres, de trouver le sommeil. Tous les sujets ont été évoqués : la rupture avec Peter, le séjour de Lou chez son père, la rencontre imminente avec Eru…

Après un passage par la salle de bains, Sonia sort leurs tenues : deux robes bouffantes, l'une blanche, l'autre noire. Elle force sur le fard à paupières et le blush, ajoute les faux cils pailletés, le serre-tête agrémenté de longues plumes. Tout en se préparant, les deux jeunes filles se tordent de rire en imaginant le regard des gens dans le métro.

– Allez, insiste Sonia, une fois là-bas, on passera inaperçues.

Lou joue le jeu, plus détendue que lors de leur première rencontre. Une fois prêtes, elles vérifient le contenu de leurs sacs : bouteille d'eau, argent liquide, places pour le festival, puis s'éclipsent pour laisser Alexandra faire la grasse matinée.

Sur le quai du RER B, une foule aux costumes bigarrés patiente. Sailor Moon côtoie Batman, Tidus de *Final Fantasy X* embrasse Aerith de *Final Fantasy VII*, un père de famille reboutonne le gilet de son fils déguisé en Luffy de *One Piece*. Sonia et Lou se sourient, puis s'engouffrent dans le RER B direction Parc des Expositions. Là, la première épreuve commence : survivre à l'étouffement dans le wagon bondé, éviter tant bien que mal le sceptre géant d'une Sakura potelée qui rit à gorge déployée. Malgré la sensation d'être enfermées dans un four, Lou et Sonia gardent leur bonne humeur. Il règne une atmosphère festive.

Une demi-heure plus tard, le RER déverse les flux d'adultes, d'enfants et d'adolescents déguisés. Sonia prend Lou par la main, et elles suivent le mouvement dans le grand hall de la gare. Elles débouchent enfin sur une surface bétonnée qui semble infinie, où serpentent différentes queues. Un homme déguisé en Pikachu hurle dans un mégaphone :

– Entrée exposants, sur votre gauche. Les visiteurs, sur votre droite.

Les jeunes filles suivent sagement les indications. Alors qu'elles patientent, leur ticket à la main, Lou commence à se ronger les ongles.

– Qu'est-ce qui se passe ? demande Sonia.

– Je stresse. Tu crois qu'Eru sera là ?

– Il a dit qu'il viendrait dimanche. Ne t'inquiète pas.

Un jeune homme qui ne doit pas avoir plus de quatorze ans se tourne vers elle, puis pointe de son index la pancarte autour de son cou, indiquant FREE HUGS.

– Ma copine en a besoin, déclare Sonia.

Lou n'a pas le temps de refuser que l'inconnu l'étreint avec force. Quant à Sonia, elle ferme les yeux, lève la tête vers le ciel d'un bleu myosotis, profite des rayons du soleil sur sa peau.

Sous ses paupières, les lignes rouges, bleues et jaunes du mandala se dessinent.

L'écriture est son mandala.

Et aujourd'hui, elle fait son premier pas de l'autre côté d'un stand.

Après avoir piétiné une bonne heure, les jeunes filles entrent enfin dans l'enceinte du festival. Le hall d'entrée placé sous une verrière est encore plus chauffé que le RER. Sonia regrette presque sa robe bouffante, et irait jusqu'à envier le mini-short de la Lara Croft sur sa droite.

Elles avancent un peu plus, et découvrent alors Japan Expo.

Des rubans de foule s'enroulent autour de gigantesques stands pourvus d'affiches géantes et d'écrans plats. Des musiques éclatent de tous les côtés, mélange de trailer de jeu vidéo et de pop japonaise, cacophonie couverte par le brouhaha des conversations. Là, des peluches de Totoro, à gauche, des étagères vertigineuses de DVD, à droite un arc-en-ciel de kimonos.

– Ma mère ferait un arrêt cardiaque si elle venait ici, fait Lou.

– Bon, fait Sonia, Sarbacane a dit que nous étions sur le stand E112.

– Pour le moment, ça m'évoque surtout un colorant alimentaire. C'est immense, il faut qu'on trouve un plan.

Elles repèrent un petit kiosque, jouent des coudes et trouvent le Graal : un plan. Trames apparaît comme un minuscule carré violet au milieu d'une centaine d'autres carrés violets.

– Objectif, déclare Lou, trouver le stand avant d'acheter quoi que ce soit.

– Mais regarde ces chaussons Carapuce ! s'exclame Sonia, attendrie.

– On verra ça plus tard.

Après quelques circonvolutions inutiles dans l'espace jeux vidéo, elles arrivent dans un espace beaucoup plus aéré, dans lequel se trouvent des stands artisanaux.

– Là ! s'exclame Lou.

Le mot Trames s'étale en bleu sur un écriteau doré. Une jeune femme se tient derrière une longue table chargée de présentoirs où sont accrochés des cartes, des fanzines, des boîtes remplies de badges. Les photos du forum sont fidèles : la chef est rondelette, son large sourire accentue ses hautes pommettes et sa chevelure châtaine est ramenée en un chignon fouillis. Sarbacane montre différentes illustrations à un couple de visiteurs.

Lorsque son regard se pose sur Lou et Sonia, elle s'excuse et contourne le stand en écartant les bras en grand.

– Tiamat, Yuna ! Quel plaisir de vous rencontrer enfin !

S'entendre appelées à voix haute par leur pseudo les étonne. Les jeunes filles lui rendent ses embrassades, et Sarbacane les invite à passer derrière la grande table.

– Tenez, je l'ai fait ce matin.

Elles n'ont pas le temps de jeter un œil aux créations de l'association que sa fondatrice leur met déjà entre les mains une part de sa fameuse tarte au citron meringuée. Midi approchant, elles ne se font pas prier.

– Et voici la merveille.

Sarbacane repousse des cartons, puis leur tend un paquet d'exemplaires du dernier fanzine. En couverture, Edelweis, l'héroïne inventée par Sonia, illustrée par Lou. Sonia feuillette les pages, hume leur parfum de neuf, caresse du bout des doigts le papier glacé. C'est bien son texte, oui, tout droit sorti de son imagination, qui s'étale dans ce numéro. Le voir ainsi mis en page, disponible à tous, le rend soudain plus distant, comme s'il s'était définitivement détaché d'elle.

Penser que sa nouvelle est désormais figée quelque part est difficile à concevoir. C'était son objectif, oui. La première étape dans l'univers opaque de la publication.

– Alors ? questionne Sarbacane. Je suis très contente de l'impression, le mauve ressort particulièrement bien.

– C'est splendide, murmure Sonia, émue.

– J'en ai déjà vendu sept ce matin, et ce n'est que le début ! Prenez place.

– Qu'est-ce qu'on doit faire pour t'aider ? demande Lou.

Sarbacane éclate de rire.

– Tu es trop mignonne ! Vous allez dédicacer, évidemment.

En entendant la conversation, le couple se penche sur la table.

– Il y a des dédicaces ?

– Tout à fait, répond Sarbacane d'un ton professionnel, Tiamat et Yuna sont les auteurs du dernier numéro. Si vous vous laissez tenter, vous aurez droit à un joli dessin de l'illustratrice et à un mot de l'auteur.

Le duo se consulte du regard, puis abdique :

– Allez, soyons fous, c'est Japan Expo ! Qui sait, on découvre peut-être de futures stars en avant-première ?

Sonia n'en revient pas. À peine arrivée, et elle va signer un exemplaire. Cette attention immédiate la galvanise.

Lou et Sonia s'installent, prennent les stylos que leur tend la dirigeante de l'association. Après avoir payé, le couple donne le fanzine aux deux lycéennes.

– C'est la première fois que je fais ça, chuchote Lou.

– Et moi donc, répond sa binôme. Demande-leur ce qu'ils veulent, comme dessin.

La jeune fille relève la tête.

– Quelque chose de particulier vous ferait plaisir ?

– Six petits chatons dans leur panier. J'adore les chats ! Ce sera pour Jared et Sophie.

Sonia retient son envie de rire en voyant le visage de son amie se décomposer.

– Six chatons, répète-t-elle. Bon, OK… Euh… D'accord.

La jeune écrivain place son menton dans sa paume et admire les traits prendre vie sur la page de garde. Une fois le dessin achevé, c'est à son tour.

Elle prend du recul sur la chaise, s'avance, cherche la meilleure position.

C'est un fanzine, certes, pas encore un roman ou une bande dessinée.

Mais c'est sa première dédicace.

Le stylo épouse le papier, l'encre coule avec fluidité.

Pour Jared et Sophie,
Puissiez-vous arpenter longtemps encore
les sentiers de l'imaginaire.

Sonia P.

LOU

Oh oui, je me souviens de notre première dédicace.
Nous étions si étonnées que des personnes
veuillent lire nos histoires.
Cet étonnement ne m'a pas quittée depuis,
même lorsque je vois les longues files de lecteurs
devant nous lors des salons.
C'est peut-être la peur que tout s'arrête un jour.

– À la nôtre !

Les verres s'entrechoquent dans un joyeux tintement. Lou goûte la boisson sucrée et pétillante, rehaussée par une saveur de menthe.

– Ces mojitos sont délicieux ! s'exclame Sonia.

Avant de retourner chez sa cousine, elles ont accepté l'invitation de Sarbacane à prendre un verre chez elle, place de la Bastille. Elles doivent être rejointes par d'autres artistes de l'univers du fanzine. Une perspective qui réjouit Lou, l'arrache à son quotidien.

Pour la première fois de sa vie, dans la foule colorée de Japan Expo, elle a eu le sentiment d'être à sa place. Voilà l'existence dont elle rêve : vivre ce type d'événements, passer sa journée entière à dessiner jusqu'à en avoir mal au poignet.

– Avec modération, les filles, vous êtes mineures, chuchote Sarbacane.

L'ombre a noyé Paris, transformant cet amas bétonné en une étendue noire piquetée d'étincelles. Sonia porte toujours ses faux cils interminables, et le serre-tête à plumes tranche sur sa chevelure blonde. Personne ne les a regardées de travers. À Paris, tout le monde est anonyme, rien n'est inhabituel.

Lou sort le fanzine de son sac, le pose sur la table circulaire du salon.

– Je n'arrive pas à croire qu'il y ait nos noms dessus, soupire Sonia.

– Vous avez signé vingt-deux exemplaires, déclare Sarbacane. C'est une belle performance, pour des débutantes. Dites-moi tout, quelle est la prochaine étape ?

– On va lancer un blog BD, annonce Sonia.

Sarbacane hoche la tête d'un air approbateur.

– C'est une excellente idée, c'est devenu un très bon moyen de progresser en se créant un lectorat sur Internet. Vous voulez continuer ensemble, c'est ça ?

Lou et Sonia échangent un regard entendu.

– Oui, confirme Lou, on se motive énormément.

– Et vous vous complétez, ajoute la fondatrice de *Trames.* C'était visible sur le forum, mais dans la réalité, c'est flagrant !

On sonne. Sarbacane se précipite pour ouvrir. Un homme d'une trentaine d'années, maigre, le visage mangé par des lunettes, s'avance aux côtés d'une jeune femme aux cheveux bruns coupés court, arborant un sourire jovial.

– On ne change pas les habitudes, hein ? fait l'homme. Chaque année, les festivités ont lieu chez toi !

– Tim, Mia, je vous présente Tiamat et Yuna.

Un déclic se fait dans l'esprit de Lou. Elle dévisage très attentivement la jeune femme, qui prend place en ôtant son manteau kaki.

– Mia, dit-elle d'un ton hésitant, comme l'auteur du manga *L'Appartement d'en face* ?

La concernée porte la main à son cœur, ses yeux en forme de demi-lune pétillent de joie.

– Je suis très flattée. Ce sont tes nouvelles recrues ?

– C'est ça, confirme Sarbacane, illustratrice et écrivain, elles sont très douées.

– J'ai dévoré les trois tomes de ton manga ! s'exclame Lou.

– Mia et moi nous connaissons depuis cinq ans, explique Sarbacane, nous étions dans la même association au début. Puis chacun a tracé sa route et j'ai décidé de créer *Trames.*

Mia est la seule mangaka française femme dont Lou a entendu parler. Et elle se trouve dans cette pièce. Ici, la barrière est ténue entre professionnels et amateurs. Le fanzinat est une grande famille par laquelle de nombreux noms sont passés. Elle a l'impression de pénétrer enfin dans ce monde qui la fascine depuis si longtemps, lorsqu'elle était retranchée derrière son navigateur Web.

– Comment tu as réussi à publier ? s'enquiert Sonia.

– Oh, c'est une longue histoire, répond la mangaka. Après un bac S, j'ai fait l'école Émile-Cohl à Lyon. Des années magiques, où j'ai beaucoup appris. Pendant mes études, j'ai fait des illustrations pour quelques fanzines, j'ai monté un portfolio et l'ai envoyé partout. J'ai démarré en free-lance pour de la publicité puis, un jour, j'ai envoyé un projet de manga à quatre éditeurs. L'un d'entre eux m'a contactée, on a pris rendez-vous, et quelques années plus tard… voilà.

Lou sent ce conte optimiste la traverser, lui injecter de l'espoir.

– Ça a l'air plutôt simple, comme ça, ponctue Sonia.

– C'est la version courte, déclare Mia. J'ai essuyé de nombreux refus, on m'a souvent reproché mon style trop manga pour d'autres travaux. J'ai même pris le pseudo de Mia pour faire plus japonais.

– Ce n'est pas ton véritable nom ? s'étonne Lou.

– Eh non, je m'appelle Sophie. Banal, n'est-ce pas ? Quoi qu'il en soit, tout n'est pas rose, loin de là. Je suis très heureuse d'avoir réalisé mon rêve, je vis du dessin – mal, mais j'en vis – et c'est déjà magique. Il faut savoir que l'on n'est pas rémunéré en fonction de notre temps de travail, mais en fonction de la valeur à laquelle on est estimé sur le marché. La publication de *L'Appartement d'en face* a été arrêtée au volume 3, alors que nous en avions initialement prévu cinq. Pas assez de ventes.

Cette nouvelle sidère Lou. Elle se souvient très bien de la sortie du manga, quelques années plus tôt. Les affiches à la Fnac avaient attiré son attention, elle avait lu plusieurs interviews de Mia sur des sites spécialisés.

Peut-on être si médiatisé et voir son projet interrompu en cours de route ?

– Ça a été très dur, révèle-t-elle, une véritable remise en question. Était-ce de la faute de la promotion ? De la couverture ? Du rythme d'un manga français, moins soutenu qu'une série traduite ? Ou bien… de mon idée, de mes personnages ?

Mia pousse un profond soupir. Lou voit danser des images dans sa tête : la jeune femme travaillant d'arrache-pied, puis son désarroi lorsqu'on lui a annoncé ses chiffres.

– Tu es quand même heureuse d'avoir choisi cette voie ? s'assure Sonia, tout aussi bouleversée par ce récit.

Les yeux de Mia pétillent à nouveau.

– Bien sûr. Je me réveille le matin, je dessine. Je me couche le soir, avec le bonheur d'avoir rempli ma journée en faisant ce qui m'anime. Même s'il y a des coups durs, des moments de découragement, des creux dans l'inspiration… Je ne pourrais pas imaginer ma vie autrement.

Lou contemple son verre, la glace pilée, les feuilles de menthe. Cette conversation lui insuffle une force, un espoir, qu'elle n'aurait jamais soupçonnés.

– Et toi, s'assure Mia, c'est aussi ce que tu veux faire ?

– Oui. De la bande dessinée avec des influences mangas. Je veux pouvoir me consacrer à mon art, travailler encore et encore, progresser. J'ai envie d'écrire toutes les histoires que Sonia me racontera.

Cette dernière sourit, presque intimidée, ce qui ne lui ressemble guère. Mia lève son verre.

– À vous deux, alors ! Rendez-vous dans quelques années !

De nouveau, le RER bondé, les robes meringue des cosplayeuses qui prennent trop de place, la chaleur étouffante. Un étau se resserre sur le crâne de Lou.

Elles sont rentrées chez Alexandra à minuit, puis ont poursuivi la soirée toutes les trois en regardant des vidéos sur Internet. L'euphorie de la veille leur coûte aujourd'hui, la fatigue tire leurs traits. Mia leur a promis que le jour où elles auront un dossier, elle le communiquera à son éditeur. Lou sait que c'est leur première opportunité dans l'univers de l'édition.

C'est en marchant dans les allées surpeuplées que l'angoisse revient comme un boomerang. Après toutes ces rencontres, ces discussions, Lou avait oublié.

Eru vient aujourd'hui sur le stand.

Elle s'arrête net près d'une statue grandeur nature de Chun Li.

– Qu'est-ce qui se passe ? demande Sonia.

– Si ça se trouve, il sera là quand on arrivera…

Son amie lui serre la main.

– C'est bon, on sera ensemble. Tu n'as rien à craindre. On va l'ignorer et s'il demande des explications, ne t'en fais pas, je vais le recevoir comme il faut.

L'expression déterminée de Sonia la fait sourire. Au grand soulagement de Lou, seule Sarbacane est présente sur le stand. Les lycéennes déposent leurs affaires, puis s'installent à la table, leurs crayons à la main, prêtes à signer. Malgré l'heure matinale en ce dimanche, le flux des visiteurs est impressionnant. Une jeune femme s'arrête net devant les exemplaires du fanzine et l'examine avec attention. Sonia prend aussitôt la parole, imitant la technique de Sarbacane.

– C'est le dernier numéro de *Trames*, qui contient une histoire inédite illustrée. Je suis l'auteur, et voici Tiamat, l'illustratrice.

La jeune femme les regarde successivement. Vêtue tout de noir, les joues émaciées, le regard fuyant, elle contraste avec cette foule joyeuse et chamarrée.

– Je connais, dit-elle. Je l'ai déjà lu.

– Sérieusement ? s'étonne Sonia. Vous l'aviez commandé sur le site ?

– Pas exactement.

– Ah, te voilà !

Sarbacane se précipite vers la jeune femme et lui tend une pile de flyers.

– Tu t'occupes de les distribuer, ordonne la gérante de l'association.

Elle marque un temps d'arrêt, observe tour à tour Sonia, Lou, puis l'inconnue.

– Eru, je ne t'ai pas présenté Tiamat et Yuna.

– ERU ? s'étrangle Sonia.

Cette exclamation est un parfait écho au cri mental qui a traversé Lou. Elle fixe sans ciller la jeune femme taciturne, qui se contente de leur adresser un salut de la main.

– Mais tu es une fille, ajoute Sonia, sidérée.

– Et alors ? réplique Eru. Je vous avais prévenues, je déteste dévoiler quoi que ce soit de mon identité sur Internet. Question de prudence.

Sonia se tourne vers Sarbacane.

– Tu le savais ?

Celle-ci observe Eru d'un air soupçonneux.

– Oui… Pas vous ?

– Non ! clame Sonia en se levant. Elle a menti ! Elle a dit qu'elle était un garçon !

– Je n'ai jamais rien dit de tel, répond Eru avec flegme.

– Mais tu as toujours conjugué tes propos au masculin !

– Le genre neutre n'existe pas en français, à ce que je sache. Et j'ai le droit de créer un personnage fictif sur le forum. Nous le faisons tous, non ?

Sonia plaque ses mains contre son visage, puis questionne Lou du regard. Cette dernière se contente de se mordiller la lèvre.

Tout ce qui lui revient à l'esprit, ce sont ces nombreuses conversations tardives, ses propres tentatives de séduction maladroites, son obsession pour la personne qui se trouvait derrière ce pseudonyme.

Voici la réponse.

On ne peut jamais savoir qui est derrière un écran, Lou.

La phrase prononcée par sa mère quelque temps plus tôt, qu'elle prenait pour un avertissement grotesque, prend une tout autre dimension.

Sarbacane déclare avec un sérieux mortel :

– Bon, est-ce que quelqu'un veut bien m'expliquer ce qu'il se passe ?

– Elles n'avaient pas compris que j'étais une fille, déclare calmement Eru.

– Que cela se passe sur Internet ne donne pas le droit de s'inventer un personnage et de le jouer auprès de personnes sincères, persifle Sonia. Tu as impliqué émotionnellement des gens, tu le sais, ça ?

Eru danse d'un pied sur l'autre, ses flyers à la main.

– Qu'est-ce que tu veux dire par là ? s'inquiète la créatrice de l'association.

Sonia se redresse, blême de colère.

– Tu m'as draguée, déclare Sonia, tout comme tu as dragué Lou.

Sarbacane en reste bouche bée. Lou les observe tous, assise sur sa chaise, incapable de se lever.

Combien de fois a-t-elle fantasmé sur Eru ?

Combien de fois a-t-elle imaginé le jour de leur rencontre ?

Elle se sent stupide, bernée.

Mais surtout, elle a l'impression qu'Eru, ce fantôme qui l'accompagnait dans sa solitude, n'a jamais existé.

– C'était juste un jeu, se défend la jeune femme. Et ce n'était pas de la drague, c'était… oui, un jeu de rôle…

Sarbacane croise les bras sur sa poitrine généreuse.

– Il va falloir qu'on en discute très sérieusement, Marie. Yuna et Tiamat sont mineures. Tu comprends ce que ça veut dire ? Excusez-nous un moment.

Toutes deux s'éloignent du stand, disparaissent dans la rivière des visiteurs. Lou respire plus librement. Durant l'absence de la gérante, elles tiennent la caisse et dédicacent malgré tout.

Sarbacane revient une heure plus tard, sans la dénommée Marie. Elle se laisse choir sur l'une des chaises pliantes, le visage sombre.

– Je suis désolée, dit-elle immédiatement. Je ne savais pas qu'elle se comportait comme ça sur le forum. Elle est venue me donner des coups de main régulièrement sur le stand, je n'ai pas pris au sérieux son personnage virtuel de poète maudit. Je l'ai exclue de *Trames.*

Lou réfléchit un moment, puis répond :

– C'est juste que… je ne comprends pas. Je ne comprends pas pourquoi elle a fait ça.

Sarbacane leur propose un plat de cupcakes maison, dans lequel les deux amies piochent sans vergogne.

– Je pense que c'est quelqu'un de très seul, perdu. Peut-être que tu lui plaisais vraiment, Lou. Qu'elle a du mal à admettre qu'elle aime les filles. Internet, ce n'est pas la vraie vie. Si tu savais combien de fois j'ai été sidérée en rencontrant les personnes qui se cachaient derrière les pseudos ! Parfois, celles aux ego surdimensionnés sont complètement effacées dans la vie quotidienne, d'une timidité maladive.

Elle croque un cupcake, puis ajoute :

– Internet peut permettre des rencontres formidables comme des rencontres toxiques.

Après avoir marqué un temps d'arrêt, elle ajoute :

– C'est également vrai dans la réalité mais il est plus facile de tricher sur Internet.

Sonia pose une main réconfortante sur l'épaule de Lou. À cet instant, elle ne saurait dire à quel point elle lui est reconnaissante de ce geste si simple, si doux.

– Ce que vous avez construit toutes les deux, déclare Sarbacane, est bien réel.

AOÛT

SONIA

Réaliser un rêve se fait au prix de certaines pertes.
On ne bondit pas du jour au lendemain
du bas de la montagne au sommet.
La vue d'en haut n'est jamais
celle que l'on s'attendait à trouver.
Car le voyage qui a eu lieu entre-temps
a métamorphosé le regard.

Ses doigts pianotent avec frénésie sur le clavier de l'ordinateur portable.

Sonia est installée à la table du jardin, sous l'ombre du marronnier. Le vent fait tintinnabuler les feuilles, une pie lance quelques notes.

Mais Sonia n'entend pas.

Ne sent pas.

Ne voit pas.

En cet instant, ce coin de Normandie est englouti.

Elle est ailleurs dans un ballet d'images, de dialogues qui explosent dans son esprit.

– So, du courrier pour toi !

L'appel de son père est un crochet qui la ramène brutalement à la réalité. D'un coup, elle quitte ce champ de bataille où elle souffre avec Lily, son personnage principal.

Cette rivière de scènes et d'émotions est redevenue la page éclatante d'un document word ouvert, intitulé *Mandala*. Son prochain roman.

– Qu'est-ce que c'est ? demande-t-elle en se retournant sur sa chaise.

Son père dépose une grande enveloppe avant de partir tondre la pelouse. Son nom est inscrit d'une écriture appliquée, fine et arrondie. Son grand-père. Elle s'empresse de lire la lettre, intriguée.

Ma chère Sonia,

Comme j'ai cru comprendre à Noël que l'écriture te tenait à cœur, je me suis permis de mener mon enquête de mon côté pour en apprendre plus sur les formations. En France, il n'existe aucune école qui permet de devenir écrivain. C'est un chemin qu'il faut tracer soi-même.

Comme tout auteur qui se respecte doit connaître ses classiques, voici les brochures pour les prépas hypokhâgne khâgne et les licences de lettres modernes dans ta région.

L'année prochaine sera l'année de ton bac et de ton orientation, ces deux filières me semblent être les plus en accord avec ton souhait de rester connectée à la littérature.

Affectueusement,

Papi

Sonia sort les différents documents, les examine en sentant l'émotion lui nouer la gorge.

Elle deviendra écrivain. Elle se le promet.

En attendant, elle travaillera dur, très dur, pour construire elle-même cette route qui sera la sienne. Le voyage sera ardu, sûrement semé de moments de joie et de désespoir. Mais elle est prête pour les montagnes russes.

Son plan est le suivant : essayer de publier un premier roman ou une première bande dessinée durant ses études.

C'est ambitieux, certes, mais elle se donnera les moyens.

Un message de Lou sur Facebook attire son attention.

Lou Hauet

Ayé, la première planche de notre blog BD est en ligne ! Plus qu'à attendre les réactions…

Sonia Pradier

Oui, plus qu'à attendre les réactions.

Et à continuer de bosser ! ☺

LOU

Nous l'avons fait.
Dix ans se sont écoulés depuis notre rencontre.
Dix ans, trois mille six cent cinquante jours.
Et notre série, *Trames Jumelles*, remporte un joli succès.
Tu sais quoi, Sonia ?
Le temps est devenu plus intéressant avec toi

Eru Rōraito

Tiamat, ou devrais-je dire Lou, je suis sincèrement désolée pour tout. J'espère que tu me pardonneras.

J'ai lu les premières planches de votre blog-BD avec Yuna, c'est très touchant. Des tranches de vie qui semblent quasi autobiographiques et qui tapent où ça fait mal. La famille, les amis, les doutes sur soi-même, la vocation…

J'ai vu que vous aviez déjà pas mal de commentaires, j'espère que ça marchera pour vous,

Belle journée,

Marie

Lou relit ces lignes encore et encore, sans parvenir à s'habituer au fait que ce pseudo qui l'a tant fait rêver appartienne à une femme. Elle quitte le forum et revient à Photoshop. Elle a mis dans un document le synopsis rédigé par Sonia, quelques planches et des recherches sur leurs personnages. Elle projette de l'envoyer à Mia afin qu'elle leur fasse un premier retour professionnel, et, qui sait, qu'elle le transmette à son éditeur.

Après trois heures de travail, elle a besoin d'une pause et descend à la cuisine chercher de quoi grignoter. Sa mère n'est pas en train de préparer le dîner, mais se trouve devant le miroir du salon, en train d'appliquer du rouge à lèvres.

– Tu vas quelque part ? s'étonne Lou.

Sa mère sursaute presque. Elle pivote sur ses talons, et dévoile sa robe aubergine fendue sur le côté. Sa fille émet un sifflement admiratif.

– Monsieur Andrieux, mon patron, m'invite à dîner. Pour ce soir, il y a des lasagnes à réchauffer. Si vous avez besoin de…

– Ça ira très bien, maman, fait Lou. Sors.

Sa mère s'empare de son sac à main d'un geste nerveux, ne peut s'empêcher de vérifier une dernière fois que tout est en ordre, puis claque enfin la porte. Lou se hisse sur le tabouret du comptoir de la cuisine et envoie à Sonia :

Lou Hauet
Tu ne devineras jamais
la meilleure…

Sonia Pradier
Quoi ?
Pénélope Bagieu nous a mises en lien
sur son blog ?

Lou Hauet
C'est presque aussi improbable :
je crois que ma mère
sort avec son boss.

Sonia Pradier
Ton père a construit
une nouvelle vie,
à elle de reconstruire la sienne.

Lou Hauet
Oui (c'est un peu bizarre,
mais ça fait plaisir).

Sonia Pradier
J'ai hâte.

Lou Hauet
De quoi ?

Sonia Pradier
D'être à la rentrée.

Lou Hauet
Tu es malade…

Sonia Pradier
Il s'est passé tellement de choses
en une année, notre rencontre,
Trames, le divorce de tes parents,
Peter, notre première publication,
et j'en passe.
Des moments pleins, intenses,
et d'autres creux,
où il ne se passait rien de particulier,
mais c'était un temps
qu'on vivait ensemble, toi et moi.
Et rien que ça, c'était super.

Lou Hauet
Arrête, tu vas me faire pleurer !

Sonia Pradier
Je suis très heureuse
de t'avoir rencontrée, Lou Hauet.
Tu es l'une de mes personnes favorites
sur la planète, tu le sais ça ?

Lou Hauet
Je suis heureuse aussi de te connaître, Sonia Pradier (ou devrais-je dire Yuna ?). Quelque chose me dit qu'on en aura encore beaucoup ensemble, des moments pleins et des moments creux.

Sonia Pradier
L'avenir nous le dira.

LOU

SONIA

PAPIER À BASE DE FIBRES CERTIFIÉES

Le Livre de Poche s'engage pour l'environnement en réduisant l'empreinte carbone de ses livres. Celle de cet exemplaire est de :
300 g éq. CO_2
Rendez-vous sur www.livredepoche-durable.fr

« Pour l'éditeur, le principe est d'utiliser des papiers composés de fibres naturelles, renouvelables, recyclables et fabriquées à partir de bois issus de forêts qui adoptent un système d'aménagement durable. En outre, l'éditeur attend de ses fournisseurs de papier qu'ils s'inscrivent dans une démarche de certification environnementale reconnue. »

Édité par la Librairie Générale Française - LPJ
(58 rue Jean Bleuzen, 92 170 Vanves)

Composition Nord Compo
Achevé d'imprimer en Espagne par Liberdúplex
Dépôt légal 1re publication mai 2019
17.7866.4 / 01 - ISBN : 978-2-01-708039-8
Loi n° 49-956 du 16 juillet 1949 sur les publications destinées à la jeunesse
Dépôt légal : mai 2019